2022·北岳
中国文学主题年选
（丛书主编：王朝军）

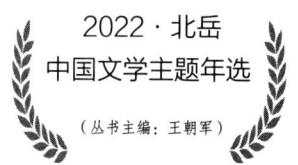

2022年诗歌选粹

维度

邰筐 ◎ 主编

山西出版传媒集团　北岳文艺出版社

·太原·

图书在版编目（CIP）数据

2022年诗歌选粹：维度 / 邰筐主编. —太原：北岳文艺出版社，2023.5

（2022·北岳·中国文学主题年选 / 王朝军主编）

ISBN 978-7-5378-6715-3

Ⅰ.①2… Ⅱ.①邰… Ⅲ.①诗集—中国—当代 Ⅳ.①I227

中国国家版本馆CIP数据核字（2023）第070342号

书　　名：2022年诗歌选粹：维度	出品人：郭文礼	责任编辑：庞咏平
		书籍设计：张永文
主　　编：邰筐	策　划：王朝军	印装监制：郭勇

出版发行　山西出版传媒集团·北岳文艺出版社
地　　址　山西省太原市并州南路57号
邮　　编　030012
电　　话　0351-5628696（发行部）
　　　　　0351-5628688（总编室）
传　　真　0351-5628680
经 销 商　新华书店
印刷装订　山西新华印业有限公司

开　　本　787mm×1092mm　1/16
字　　数　303千字
印　　张　19.125
版　　次　2023年5月第1版
印　　次　2023年5月山西第1次印刷
书　　号　ISBN 978-7-5378-6715-3
定　　价　59.80元

本书版权为本社独家所有，未经本社同意不得转载、摘编或复制

那些看见的和看不见的事物(代序)

邰筐

一

卡尔维诺在《美国讲稿》中讲了这样一个中国故事:国王让庄子画一只螃蟹,庄子回答说:"可以,但必须给我五年时间,还要给我配一幢房子和五个仆人。"五年过去了,庄子未曾动笔,他对国王说:"我还需要五年时间。"国王应允。十年期到了,庄子当着国王的面拿起笔一挥而就,画出了一只完美无缺、前所未见的螃蟹。

二

这是卡尔维诺在《看不见的城市》里讲述的另一个故事,是关于蒙古帝国当家人忽必烈和旅行家马可·波罗的。

13世纪初,蒙古人以狂风扫落叶之势横扫半个地球,先后征服金帝国、西夏帝国、花剌子模以及俄罗斯,把想象力所及的陆地几乎统统纳入版图。1259年,蒙古帝国又征服了朝鲜。1260年,忽必烈成为蒙古帝国的当家人。忽必烈大汗想象他所拥有的庞大帝国之上的每一座城市都是他手中的一局棋,他掌握各种规则的那天,就是他终于掌握整个帝国之日。在战事最紧张的时候,前方报告敌方残余势力节节溃败，不断有不知姓名的国王递来降表或求和书。起初，忽必烈为征服的疆域宽广辽阔而得意自豪，可很快他又因为不得不放弃对这些地域的认识和了解而感到忧伤。因为他发现，庞大的帝国形象变得越来越虚妄，就像一个既无止境又无形状的废墟……

　　就在这时候，旅行家马可·波罗来到蒙古帝国都城元大都。忽必烈大汗接见了马可·波罗，并派给他一项十分有意思的任务，就是替大汗去已征服的国家和城市免费旅行，然后回来再讲给他听。马可·波罗每次旅行回来，大汗都要听他反复讲述，几次下来让马可·波罗感受到某种焦虑。他发现无论他对所去之地怎么描述，好像都不能满足忽必烈大汗的倾听欲望。为了取悦大汗，将这种免费吃住的福利继续下去，他就虚构了帝国的五十五个城市。他给每个城市都起了一个像女人一样美丽惊艳的名字，城市面貌也千奇百状、各不相同：它们中有每座摩天大厦都有人在变疯的城市吉尔玛；有时刻都被肉欲推动着的克洛艾；有所有尸体被送到地下去进行生前活动的埃乌萨皮娅；有周围的垃圾变成坚不可摧的堡垒，像一座座山岭耸立在城市周围的莱奥尼亚；有悬在深渊之上的蛛网之城奥塔维亚；有只有管道没有墙壁，没有屋顶，也没有地板的城市阿尔米拉……

三

　　卡尔维诺中国式的幽默和智慧里或许恰恰隐藏着语言的玄机和密码，只有会破译的人才会从那些看见的和看不见的事物中找到自己需要的东西。福楼拜说过，"仁慈的上帝寓于细节之中"，无论语言的森林多么幽暗，细节都是最后透进的那一束光芒。"无论想象多么天马行空，细节却只能贴地飞行"，对于小说家如此，对于诗人亦如此。就是基于这样的前提，选出了本书的这些年度作品，他们每个人就像卡尔维诺一样，心里都装着一座"看不见的城市"，那是一个可以容纳诗神的地方。

　　最后，感谢诗人江离一如既往地把《江南诗》年度优秀文本解读独家提供给我们；感谢诗评家霍俊明先生为于坚的小辑写了专论；感谢楼河、桑克、韦锦、三姑石、李木马等诗人的精彩解读；还有管延泽对初稿推荐亦有贡献，在此一并致谢。

目 录

第一辑　佳作赏析
石头里，住着一直无法返乡的人

3　湖畔　　　　／阿信

5　世上　　　　／艾诺依

7　一个下午安静的时光　　／白玛

9　绳索　　　　／白庆国

12　渡河记　　　／薄暮

14　嫩　　　　／草树

16　腾格里沙漠　　／陈亮

18　柔软的轴　　／池凌云

20　肉身乃是绝境　　／大解

22　我的男人　　／灯灯

24　幸福的水葫芦　　／朵而

26	该有多好	/朵渔
28	自我	/非亚
30	掘笋	/伏枥斋
32	晒棉裤	/符会娟
34	游子吟	/甫跃成
36	布谷	/甫跃辉
38	独唱	/高兴
40	喜玛拉雅山脉	/贺中
42	泥泞	/侯马
44	黎明	/胡澄
46	酒精洪灾	/胡桑
49	春风斩	/胡弦
52	在乡下向伟大的兔子致敬	/霍俊明
55	父亲种地	/伽蓝
57	风平浪静	/见君
59	六月过后	/江非
61	苏堤遇雨怀东坡	/江离
63	青年别	/姜超
65	晨遇	/孔庆根
67	六月	/蓝蓝
69	少年心	/老井
71	鸟飞鸟的	/离离
73	君山银针	/李不嫁
75	一首诗中的红碱淖	/李木马
77	山顶之风	/李琦
79	不是等月，是等你的温柔	/李铁柱

81　草叶上的瓢虫　　　/李郁葱

83　穿过果园的河流　　　/李元胜

85　盛满月光的院子　　　/梁久明

88　壬寅初七，草堂人日拜祭杜公　　　/梁平

90　向现代之狗扔了块石头　　　/林莽

92　立秋　　　/林珊

94　美菰林之恋　　　/林秀美

96　我的心只有拳头般大　　　/刘川

98　写给儿子刘云帆　　　/刘年

102　大风吹　　　/刘伟雄

104　不值一提　　　/瑠歌

106　骑车经过料马河　　　/楼河

108　山居　　　/芦苇泉

110　草原　　　/路也

112　梦见一头鹿　　　/漫尘

114　圆　　　/毛子

116　共享单车　　　/梅培源

118　转译　　　/蒙晦

120　落在我身后很远的那个秋天　　　/孟醒石

122　半个世界的月亮　　　/弥赛亚

第二辑　披沙沥金
在菰草、潜鸭和水云深处

127　我脚下美丽的毯子正被抽走　　　/戴维娜

130　骊山的马　　　/第广龙

132　一只蚂蚱跳进酒杯里　　　/戈三同

134　那晚的红月亮
　　　　——献给母亲　　/莫言

137　黄河与白鹭　　/墨菊

139　漫山岛　　/娜夜

141　群山之上　　/泥巴

144　一念微尘　　/牛梦牛

146　盐碱地　　/潘洗尘

148　夏天　　/庞培

150　同行者的人生密码　　/彭鸣

152　永恒　　/邵镇炜

154　自然课　　/哨兵

164　在山中　　/沈浩波

166　在浮图峪听到白鲟之死　　/石英杰

168　暂寄　　/树才

170　玻璃人　　/宋心海

172　大雪　　/苏和

174　马群消失　　/苏小青

176　渴望母亲　　/苏笑嫣

178　光明的事物　　/邰筐

180　月亮　　/孙晓军

183　离开我，成为你　　/谈骁

185　钉子钉在钉孔中是孤独的　　/汤养宗

187　大象画画　　/涂拥

189　习惯　　/王宝卿

191　一棵树　　/田桑

193	四季柠檬诗	/凸凹
195	伞	/王彻之
197	堆父亲	/王单单
199	在阿那亚	/王家新
201	春夜，动车组检修（节选）	/王士丛
204	塔里木河	/王兴程
206	女人。陌生的事物	/王自亮
208	分行的散文·第六八二	/韦锦
210	大雨将至	/吴乙一
212	不安之诗	/武强华
214	告别	/夏午
216	罗纳咖啡馆的午后	/霰忠欣
218	橙子	/小西
220	海神的后花园	/谢宜兴
222	病人	/辛泊平
224	祁连山上的雪	/熊焱
226	蛙鸣：致父亲	/徐俊国
228	我走之后	/徐晓
230	梯田，或花园	/薛菲
232	野鸭子	/雪鸦
234	忆游厦门	/焱石
236	我喜欢	/颜梅玖
238	绥化	/杨川庆
240	在开往哈达铺的火车上	/杨森君
242	大海真的不需要这些东西	/姚风
244	那个夜晚静悄悄	/尤萍

246 默契　　　／余怒

248 篝火协会　　／臧棣

250 光明　　　／臧海英

252 黄河如是说　　／张海梅

254 致诗神　　　／张慧君

256 冬夜在大剧院听《菊次郎的夏天》协奏曲　　／张小末

258 九码头　　　／张执浩

260 屋檐水　　　／张中海

262 轨道　　　／周簌

第三辑　名家解读

他家在落日后面

267 于坚的诗（一）

272 于坚的诗（二）

278 于坚的诗（三）

286 于坚：从风格到精神肖像　　／霍俊明

第一辑　佳作赏析

石头里，住着一直无法返乡的人

湖畔

/ 阿信

琴师桑其格死后的两个星期，尕海湖结冰了。
入夜，一场雪从玛曲卷过；沿湖一带的牧场
黑土被深埋，露出枯干的草茎。
早起的人，远远看见
他的女人在凿冰，高举木勺
猛击狗棒鱼的头。
湖畔小学的校工，小有名气的三弦琴师，我们
在操场边合影。远处，一个藏族男孩
在草丛中捡球；更远处的湖面，几只
黑颈鹤起落。
又一个冬季，我途经这里。
一大群牦牛踩着冻土，在黄昏的
逆光里疾行，像赶往
某个落日下的集市？
湖面发出可怕的声响，似有什么东西
由远至近，从湖底，使劲向冰面撞击。

(选自微信公众号《中国诗歌网》2022年5月23日)

评鉴与感悟

对阿信而言,这是一首"不一样"的诗。不见了跳跃性强、充满张力的神性与美感,像大幅被剪裁的黑白默片,如匍匐前行的朝圣者,把语言的身体贴近风雪大地。他写到了琴师桑其格的死,写到了结冰的尕海湖和露出黑土的"枯干的草茎",写到了从玛曲卷过的一场雪掩埋了牧场,写到了琴师的女人在凿冰取水……这些一幕一幕展现在读者面前的苍凉的高原画面,让我们在凛冽的语言氛围中不得不去深想生命的本质。是的,无论多么恶劣的自然环境,人类生存的本能都会驱动着生活的车轮前行。草丛中捡球的男孩和踩着冻土逆光疾行的牦牛,暗示着生活的希望与倔强前行的意义。(李木马)

世上

/艾诺依

是谁把惊叹号藏匿在星际
终于窥见那消隐的镜像
宇宙就站在那里颤动。黑洞睁开天眼
海上的远行总是无意回复一封来信

原木上爬行的虫子
指着云上重复幻听的哨声。与风一起交谈
是孩童嘶哑的嗓音。最后生长出的清醒
不是一段折叠就可以填充的缝隙

有那么多需要充斥的空白，于脚踝间种下
所谓无形体正四处窜逃，未读懂的言语
在暗物质中等待破译
我醒来，在神话的栖身之所留下指纹
漫步无尽跌宕，再也不必打散自己

（选自微信公众号《中国诗歌学会》之《王安石名作新题选登》2022年6月18日）

评鉴与感悟

艾诺依的这首诗属于想象的"海上的远行",星际、镜像、宇宙、黑洞、天眼、一封来信、虫子、云上、幻听的哨声等意象,告诉人们,这是一首"打散自己"的想象之作,梦幻和想象中的"暗物质""与风一起交谈",消弭了诗歌的定式和规矩,但又有内在逻辑的隐线贯穿,那就是"90后"诗人作家较为普遍的"想象的忧郁",即梦境般的若即若离之间,把若有所思的抽象做艺术化的具象表达。在这首诗中,作者试图以"孩童嘶哑的嗓音"让时空"折叠",然后让读者的想象去"填充缝隙",留下一些"神话"般的诗意"指纹"。(李木马)

一个下午安静的时光

/ 白玛

我有一个下午安静的时光
独自游荡在明晃晃的小镇上
一头脚步柔软的豹子
经过寂寞小镇古老的下午时光
邮局门后写信的独臂外乡人他不在了
只有影子吊在
空空的一个下午之安静时光
偶尔我回忆起片刻沉醉的日子里
细致的痛楚
哦,我心里分明藏着一个
大海和众多微物之神

(选自微信公众号《诗与画》2022年6月19日)

评鉴与感悟

这些年，诗人白玛已经习惯于在小镇和山间生活，且擅长以平静的视角把生活的片段感触写进诗中。她的诗有着接地气的力量感与艺术质地，多年写作的沉潜历练，练就了白玛从朴素生活升华诗意的能力。我在阅读中，经常能在她的诗中感受到一种安之若素的安然的辽阔。正如这首诗，在一个安静的午后，一个普通的小镇，女诗人像"一头脚步柔软的豹子"在小镇下午的时光中徜徉，而曲折的小街如同诗的折行。邮局，门后那个代写书信的，偏偏是"独臂的外乡人"，偏偏又"不见了"。到这里，诗的张力被瞬间拉开，于是我们看见了"吊在""安静时光"中的"影子"。而此时，安静的天空如大海，时光的大海中翻卷着那么多的"微物之神"。（李木马）

绳索

/ 白庆国

一下午,我与父亲
打着绳索
整个落日的时光
稻草的绳,麦秸的绳,青草的绳
当然,我们希望更好的绳索

还没有数数,一堆
在下午的直角处
新鲜,有力,把握
还散发着禾香
我不时用眼睃

而另一旁也是一堆
散乱,陈旧,结到处都是
都将被代替
我们谁也不去看

有时我幻想自己就是一个结
所有的日子就不会把我丢弃

所有的绳索都是用来捆绑的
我喜欢那种感觉
我和父亲同时用力
向相反的方向
我想，这就是生活的奥秘
有时向相反的方向用力
就像绳索

我与父亲同时用力
用力到最大
然后，父亲打一个死结或活结
捆住的是青草，干柴
或许是潮湿的日子，或者是一座村庄
更或者是一群不听话的麻雀

最后，我还是要说
我喜欢那种感觉
我与父亲
向相反的方向用力
在下午或黄昏时分

（选自《诗刊》2022年第6期）

评鉴与感悟

其实,每个人都身处时间与生活的"绳索"之中,惯常于乡村劳动的诗人白庆国,因为经常打草绳的缘故,更是对这些草本的绳索有着独特的观察、体会与认识。他发现,命运就是这样一个一个的"结",捆绑与松绑,需要在内在理解基础上的反向用力,生活中常常有这样的矛盾与吊诡,对绳索而言,既惧怕松动,又要尽量避免死结。命运也是如此,父辈和我们的命运关系,也常常如此。(李木马)

渡河记

/ 薄暮

我们就这样作别。河水还在上涨
石步若隐若现。仍然决意渡河

没有雨伞,不是因为不再下雨
这条河已经盛下太多的风雨
常常突然打湿我们的笑容
以眺望为伞

这条河有时在山前,有时在舷窗外
有时在一方藏书印里
有时,就在低头和抬头之间

从不用这里的水沐浴或者煎茶
只用来浇树。那些树开着
天亮时悄然凋谢的花

但那些树常常在冬天骤临时

摇落满世界的风雨。如同这条河
突然横亘在眼眶，而我们
总是束手无策

（选自《江南诗》2022年第5期）

评鉴与感悟

从表面上看，这首诗是写的"渡河"这件事，但是从更深层的角度来看，这不仅是"渡河"，也是在"渡心"，渡一颗"惜别之心"。在这首诗里，视角的转换很有特色，从第三小节开始，一条原本就在眼前的"河"，突然飘忽了起来。从"山间"到"舷窗外"再到"一方藏书印里"再到"低头和抬头之间"。一条原本是实实在在的"河"，就这样一下子"虚"了起来。这样的转换，使得这首诗不至于陷入某种单一抒情的泥沼，反而使得这首诗的情感更加扩散。这首诗的结尾很有特色，这条河"突然横亘在眼眶"，有一种戛然而止的感觉。诗人臧棣曾说，"新的认知假如还能开启的话，新的世界面貌注定只能基于我们坦然于自己的无知，并愧疚于我们尚在门外的处境。"而正是这样的"突然"，使得这首诗的情感在"束手无策"中，完成了对"无知"的体认。（杜鹏）

嫩

/ 草树

从冒热气的洋铁盆
父亲舀起一碗豆腐脑
要不要放点糖
不。我更喜欢它
本来的嫩滋味

空中热气散去
田野春来发嫩枝
你伸手摘一枝野蔷薇
递给我，芯子微红
我剥去绿皮，吃它的无味之味

少年时代留下的癖好
让我爱上她肉嘟嘟的手指
凝脂。透隐隐磷光。含着嫩
深入其中终没有持久
留下看不见的伤痕

一把刀从豆腐脑抽出

(选自《湘江文艺》2022年第6期)

评鉴与感悟

嫩，象征着事物水灵灵的初始状态，更意味着需要呵护与珍视的脆弱的美好。好诗，就是要不断寻找语言"嫩"的成分。洋铁盆因为冒热气，仿佛也"嫩"了起来；父亲舀起的一碗豆腐脑，和要不要加的那点糖，也是"嫩"的。是的，喜欢本来的嫩滋味，很多人有此同感，所以，诗的第一节一下子拉近了与读者的心灵距离。接下来我们看到了，空中消散的热气是"嫩"的，春天里田野上的嫩枝，自然是典型的"嫩"，你伸手摘下的一枝野蔷薇，是爱情的"嫩"，"芯子微红"，那是少女的羞涩，而生命与生活的"无味之味"才是真谛。接下来，鲜嫩如植物般的少年"肉嘟嘟的手指"，诠释着生命中"嫩"之美好的传递。父亲，我，恋人，孩子，诗中隐含着清晰的生命与情感脉络。而诗人看见，坚硬的岁月之刀"从豆腐脑抽出"，让诗意的张力悄然抵达了哲思的深度。（李木马）

腾格里沙漠

/陈亮

浩瀚无边的沙丘在远处与天交接
犹如大海
沙子很黄,很细,很干净
有人悄悄抓了一把放在了口袋里

有人飞快地跑上山丘的顶端呐喊
摆出了各种飞的姿势
如果不是有人拉着他
我怀疑他真能从这里飞起来

有人跪着,把额头抵在了沙上
在心中默念着什么
仿佛会从此得到什么能量
有人山丘上撒着欢打滚
我听到了她身上响动着隐形铁链

睁大眼睛,感觉这沙漠里的沙

还在继续增多，沙丘还在增高
"像个巨大的沙漏——"
想到这里，我的身体不由哆嗦了一下

小心地向四周观察再观察
这沙漏的边沿到底在哪里？
到底是谁在操纵着这个沙漏？
可腾格里除了空旷还是空旷
只有阳光用它怜爱的眼神看着我们

（选自《胶东文学》2022年第2期）

评鉴与感悟

《腾格里沙漠》中，诗人试图在抽空"意义"，或者说让原有的意义失去意义，这样反而使诗歌走上了更加开阔的表达"场地"，呈现出一种多维度的感受。腾格里沙漠的审美体验更加宽泛起来，沙漠是沙漠，又不是沙漠本身，诗人说出的感受和语言，神秘又似是而非。这使得诗歌的表达层级呈现一种叠加、驳杂，在一种指向尚未完全明朗时，又一种指向叠加了进去。这种驳杂和叠加，增加了诗歌的趣味性，在表达上也更加举重若轻，自由挥发，实现一种独有的呈现。
（蒲素平）

柔软的轴

/池凌云

一只海鸟扑翅飞落在崖壁上。
一个小黑点
在光秃秃的崖壁，留下印痕。

在那立锥之地
它停留了将近一刻钟，
像只力大无比的巨鸟
沉稳地立在半屏山的崖壁，
一动不动。

像暗夜里的一颗星，隔多远
我都能感受得到：
四周的海浪和风
在一个柔软的轴上转，
一些遥远的声音
在它耳边低语。

（选自《江南诗》2022年第6期）

评鉴与感悟

"轴"是什么?"柔软的轴"又是什么?带着问题,我们沿着诗人的指引向前走。她描绘什么样的景象,我们就要在头脑之中建立什么样的景象模型。只有这样我们才能靠近诗人的心。"一只海鸟扑翅飞落在崖壁上",我们在头脑之中必须把这句诗变成景象模型或者电影镜头。紧接着的"一个小黑点"还是这只海鸟。这是拉开景深之后看见的画面。第二节对第一节进行重新书写,海鸟好像"巨鸟",崖壁是"半屏山的崖壁",海鸟飞落的姿势是"一动不动",描绘更为精细。第三节好像与前两节没有直接关联,但是"海浪"却和海鸟关联着。由此可以把前两节看成背景,也可以把"遥远的声音"当成海鸟的声音。最后回到"轴"上来。"四周的海浪和风/在一个柔软的轴上转"。画轴还是意识之轴?都可能。(桑克)

肉身乃是绝境

/ 大解

世间有三种动物不可冒犯：
神，灵魂，老实人。
法则有大限，人生也有边缘。
活到如今，身外皆是他人，
体内只剩自我，却不敢穷极追问。
我是真不敢了。君不见，
天地越宽，自我越小，
肉身乃是绝境。
如果有一天，我把自己也得罪了，
我将无险可守。
想到这里，
我突然用胳膊抱住了自己，
尽力安慰这个孤身自救的老人。

（选自微信公众号《一见之地》2022年1月2日）

评鉴与感悟

我认为，大解是诗人中少见的能在过往、当下、未来的时间与空间中自如穿越的人。他能够看到法则的大限和人生的边缘，他能够看到"身外皆是他人，体内只剩自我"，他更敢于直面肉身的绝境。他总能以最朴素的语言道出世间的真相与事物的真谛。他更知道人类"如果有一天""把自己也得罪了""将无险可守"。大解令人尊敬的地方还在于，他能看透很多事物，却仍然天真的像个孩子，像上帝创世纪之后第一次到来打量世界的那个孩子。（李木马）

我的男人

/灯灯

黄昏了，我的男人带着桉树的气息回来。
黄昏，雨水在窗前透亮
我的男人，一片桉树叶一样找到家门。

一年之中，有三分之一的时光
我的男人，在家中度过
他回来只做三件事——

把我变成他的妻子，母亲和女儿。

（选自搜狐网《北极星新文学》2022年3月13日）

评鉴与感悟

这首诗的诗意和构造不繁复，行数字数也不多，所有的外在似伪证：失之简单。但是，它是无可争议的好诗。

因为它是一首生活之诗，也是命运之诗，写了小家庭小生活小日子的大命运、大悲喜、大无奈，似有许多个"小"与"大"严实地覆盖在一首小诗上，催促你急于去探个究竟。

这首诗抓住男人回家这一亘古不变的主题事件，进行有别于寻常的描写。

罗伯特·弗罗斯特这样描述："一首诗以一种哽咽，一种乡愁，一种相思病开始。他找到思想，而思想找到词语。"

本诗主画面里是一棵桉树，属于灯灯生活中或纸上的一棵，也是她精心找到的主题词语，并要赋予其情感的一棵。这棵树带着桉树的气息，而我的男人又于有雨的黄昏，像桉树叶一样找到家门。不仅有雨降临，而于诗人降临的是一场大喜，是一场久别的团圆，是一棵桉树叶子的孕育与生成，是一个女人的等待与发芽。画面上，全是暖色，甚至从透亮的树叶上可以看到灯光，正所谓喜洋洋者也。

这首诗表面写的似是一个絮叨的女人，实也在写为难的男人。

桉树即我的男人，我的男人就是一棵桉树。这棵桉树立起了一个在外奋斗男人的正面形象，或只是特定背景下所有男人的背影，他只有三分之一的时间，留给她，留给家。

画外音是：另外三分之二时间，他干嘛去了？家里家外，两处都并非只有闲愁，他去完成他的责任与使命、脆弱与逃避、呵护与爱。一个辛苦着、奔波着、奉献着、劳作着的好男人似从纸上走出来，或从家门的空地上瞬间长出来，披着浓荫。

这首诗字里行间氤氲着一个女人的不甘，不甘于做妻子、母亲、女儿，困于命运，无法抗争与挣脱；又似缓释着她的所幸——有个爱她、爱家、爱女儿的男人，幸于现实还有安稳与推不开的阳光与暖意。

然而，文字间还似绑缚着什么，许是梦想的黯淡，许是青春的凋零，许是怒己之不逮。一个真实的女人，泪水似瞬间洇透纸背，而大雨压断了幽泣。

这首诗留下了家里家外两处大片的虚幻，也留下了男人和女人内心足够的空白。

这是诗人的可怕与聪明处，她留给读者去认领或进入的场域极其宽阔，似有许多个入口已经打开。（三姑石）

幸福的水葫芦

/ 朵而

遇到水,茭白喜欢裹成
怀胎十月的样子
把好看衣裳留在里层,紧贴心口
而水葫芦不同,它们伸长脖子
模仿一窝幼鸟
等待母亲俯下身子
只有月亮乳汁充盈
喂着整条河流

因为河,所有枝条活着
所有麻雀活着
从船底捞起、长满水草的娃,也活着
这是幸福。
我那额头光洁的祖母,此后很多年
对着河面点状的绿鞠躬、磕头
悲悯这个词,如此想来

一入水就生根了。

（选自《扬子江诗刊》2022年第6期）

评鉴与感悟

可能是从小生活在南方水乡的缘故，朵而成了一个"幸福的水葫芦"，于是写出这样水灵灵的诗来。明明是要写水葫芦，却要顾左右而言他，先说茭白，"遇到水，茭白喜欢裹成/怀胎十月的样子/把好看衣裳留在里层，紧贴心口"。而水葫芦的不同在于"它们伸长脖子/模仿一窝幼鸟/等待母亲俯下身子"，茭白的美与水葫芦的可爱是不同的，但它们的脐带都连着故乡的河流。接下来我们随诗人把目光抬高，就看见"只有月亮乳汁充盈/喂着整条河流"，简直是一幅入选全国美展的江南水乡工笔画，至纯至美，一尘不染。想想，诗人笔下的河流不仅是江南故乡的河流，也是一条时间与生命的河流，"因为河，所有枝条活着/所有麻雀活着/从船底捞起、长满水草的娃，也活着"。"我那额头光洁的祖母"告诉我们"这是幸福"。对远古而来的生命之河，一个人就如一滴水，"一入水就生根了"。（李木马）

该有多好

/ 朵渔

这是心灵痉挛的时刻
这是魔鬼所附赠的礼物
在这需要重新缝合的世界上
所有可供食用的思想都发了霉
那蒸煮着的思想里
放着一颗溺死的头
噩梦也在边境上滋长
并没有一个爱的国度接纳你的流亡
写作这唯一的通行证也将在今夜失效
再没有比内心的罪过更纠缠不休的了
我发现选择不快乐是那么容易
比一篇小说的开头容易多了
无论走到哪里，都能找到不快
因为我随身携带着致命的重负：
自负于自我的傲慢，或者说
我总是不愿意俯身与人交谈
我没有让这个世界满意的能力

大概是我还不够爱这个世界
要是我能爱上这个人间该有多好
要是我能为这一座城的人们
写几首赞美诗，该有多好
要是我的心灵能像一个黄昏后
亮起灯光的农舍该有多好
简朴，宁静，不再期待繁华的居处
所有的繁华里都有一个痛苦的邻居
而在这无助的精神气候里
你总是爱得最慷慨的人
你在我们身上分割黑夜与黎明
你像一道闪电劈开道路，自那伤口里
长出新鲜的生命

（选自《长江文艺》2022年第2期）

评鉴与感悟

朵渔的诗，能体现出一贯的思想性与文本性，也有着强烈的忧患意识与批判精神。他的思想性与文本性，可能更多来源于海量阅读与沉潜思考。借鉴多了，参照多了，思考深了，自然会发现很多现实中的不理想与不如意。于是不吐不快，于是娓娓道来。看得出，朵渔对现实的担忧是真切的，是有话可说的。我习惯于把朵渔的创作归于知识分子写作，他保持了知识分子的良知，也保持了知识分子独立的思考。从诗题和结尾"自那伤口里/长出新鲜的生命"，我们也不难看出，不理想的自身与周遭境遇，并没有使诗人沉沦，"该有多好"这个愿景，也一定会引发很多的共鸣。（李木马）

自我

/ 非亚

他拿手机拍灯光下自己的影子
那是大街上如影随形的
另一个自我

在寂静的,四面围合的群山
他观察夜空,浩瀚的宇宙,闪烁的群星
正连结成魔羯,白羊,与金牛
明亮的北斗
无法命名的星光
其中的一颗
是沉思时间,生命,意义的自我

田野上的一阵风,秋天金黄的稻田
农夫们开始另一次收割
汗水落入泥土,蛙声变远
谷穗上的每一颗种子

是痛苦长时间凝结的自我

城市里的某一条街道，梧桐树
桂花的香气在四周弥漫
围墙内的一个房子，安静的窗口
透出了灯光
有人窗后在阅读，写作，思考
星球在旋转，阳光会在早晨
再次到来。站在窗前
久久凝视外面花园的那个人
是我的另一个自我

到了最后。
狗冲出门口。
猫迅速隐入灌木丛。
花悄然开放。
鱼池里的鱼沉入池底。
哦，那是无所不在的自我

（选自《山花》2022年第3期）

评鉴与感悟

应该说这是一首观察之诗，诗人观察"自己的影子"，"观察夜空，浩瀚的宇宙，闪烁的群星"，甚至观察到其中的一颗"是沉思时间，生命，意义的自我"。不仅仰望星空，诗人也认真地观察大地上的事情，"田野上的一阵风，秋天金黄的稻田/农夫们开始另一次收割/汗水落入泥土，蛙声变远/谷穗上的每一颗种子/是痛苦长时间凝结的自我"。不仅观察乡土，诗人还观察城市的街道、梧桐树、安静的窗口、灯光、窗后的阅读者。具有灵视之眼的诗人，在所有的观察对象中，都发现了"另一个自我"，达到了"我观察，故我在"的境界。（李木马）

掘笋

/伏枥斋

四月的春雨之后
我跟随父亲去掘笋
这在当下是一件幸运的事

他叮叮当当地敲打好笋锹的头
使它不再摇晃
握在手中尝试着挖掘几下空气

确保一切完善,我们提上竹的篮子
三十多年来第一次我开口问他
关于掘笋的秘诀

如何透视笋在地下不可见的部分
循着母鞭的走向去找到下锹的角度
而这似乎又是无意义的

我不确定是否会像父亲一样

手握一柄摇摇晃晃的笋锹
去向下挖掘那些脆弱的连接位

笋锹在他手中变得年轻
活跃着，尖叫着进入泥土之中
随着咔的一声脆响将笋弹起来

没有一个人会像我父亲一样掘笋
充满节奏和灵魂地
一出排练已久的舞台剧

每次当笋锹准确无误地找到母鞭
他便会露出笑容
像尤利西斯一脚踏入了伊塔刻岛

（选自《江南诗》2022年第1期）

评鉴与感悟

简单的生活在信息嘈杂中已成为令人向往的放松焦虑的一种境界，何况还是跟随父亲去挖笋。竹笋本身就是一种精神意象，当一个具有精神历史的词语与诗人叙事的事物重叠在一起时，技艺或者观念的无痕迹渗透，是一首好诗的重要标准之一。这首诗在动作过程中变换着意象，正如诗人伏枥斋所写的"充满节奏和灵魂地/一出排练已久的舞台剧"。漂亮、清脆，语言充满音色。诗人描述父亲挖笋的过程好像在描述一个舞者，"脆弱的连接位"，"笋锹……尖叫着"，"咔的一声脆响"，语言的听觉空间里仿佛盘旋着一群响着哨音的鸽子。这些在审美"无意义"的现代观念中形成了美学上强烈的体验感。围绕着动作所带来的碰撞、摩擦、折断、弹起……给阅读带进了对感知的多角度激活。诗中的现代意识与开头给出的"我与父亲去掘笋"的传统情节相互渗透、照亮。正如结尾的诗句："像尤利西斯一脚踏入了伊塔刻岛"。（冯晏）

晒棉裤

/符会娟

周末，阳台衣架上
一高一矮两条棉裤
像空气中走来的两个人
一边走，一边
依偎在秋风中晒太阳

小红花棉裤是女儿的
每次她捧回奖状
我们都奖她一朵小红花
小红花，领她走过
小学、中学、大学的路

粉色雏菊是我的
西北旷寒，妈妈总怕我冷
她戴上老花镜，用密密麻麻的针脚
缝进去二斤新疆棉花
说让我在车站上夜班穿

秋日夜晚，我提前穿上棉裤
拧亮台灯，打开一本诗集
等多年前的温暖
顺着文字和毛孔返回

这一晒，就是二十年
这一穿，又是二十年

（选自微信公众号《晴朗文艺书店》 2022年1月4日）

评鉴与感悟

这首诗给我们带来故乡与亲情熟悉的温暖。故乡的棉，在妈妈、我和女儿的身上传递。慈母手中线，代表着故乡与故土代代传递的母爱，棉裤上的小红花和雏菊，诠释着温情与希望。一个窈窕身姿的青年女工，因为戈壁寒凉中日复一日的艰苦劳动，不得不穿上厚笨的棉衣，在棉对劳累而羸弱的身体的束缚与局限，以及棉与人之间的理解与呵护中，绵里藏针地让诗意悄然抵达了身心世界更深远的地方。可贵的是，诗人并没有满足于唯美朴素的情感表达，"一高一矮两条棉裤/像空气中走来的两个人""秋日夜晚，我提前穿上棉裤"让诗有了超现实和戏剧化的气质。这时候，我们能真切地体会到，当她"拧亮台灯，打开一本诗集"的时候，"多年前的温暖"一定能够顺着文字和毛孔悄然返回。（李木马）

游子吟

/ 甫跃成

有人离家三年,他家里人是怎么过的?
有人离家十年,他家里人是怎么过的?
有人离家之后再无音信,他家里人是怎么过的?
有人死了,他年迈的父母、
他的妻子、他刚会说话的孩子,是怎么过的?

我比他们幸运得多。半年之后
我又返回了原先的生活。仿佛时间女神
格外眷顾,只为我一人,按下了暂停键,
让我一场大睡,居然逃掉了六个月的操劳。

妻子的头发长了一些,女儿高了半寸。
牙刷,毛巾,拖鞋,电脑,它们还在原地,
又似乎稍有移动。它们既像从前,又不像从前。
一以贯之里有着逐渐的变化。

熟悉又新鲜。半年之后我重新打量眼前的世界,仿佛一个逝者，看见了他的身后事。

（选自微信公众号《无限事》 2022年3月9日）

评鉴与感悟

这首诗写的是生命的无常。诗人先是先后发问："有人离家、有人死了，他们的家人是怎么过的?"这种感同身受的诘问，自然会勾起很多读者的共鸣。接下来说到"我比他们幸运得多"，"一场大睡，居然逃掉了六个月的操劳"，"半年之后/我又返回了原先的生活"，是大病一场还是被隔离治疗，我们不得而知，诗人幽默自嘲，得到了时间女神的格外眷顾，只是命运"按下了暂停键"。接下来，他写到了醒来后之所见："妻子的头发长了一些，女儿高了半寸/牙刷，毛巾，拖鞋，电脑，它们还在原地"，一切"又似乎稍有移动。它们既像从前，又不像从前。/一以贯之里有着逐渐的变化。"面对"熟悉又新鲜"的生活，"半年之后我重新打量眼前的世界"。事实上，当我们一旦看透了人生，自然会改变人生的态度。（李木马）

布谷

/ 甫跃辉

布谷的叫声总是遥远。来自村里
说不清楚的哪棵开花的桃树，或背后山上
说不清楚的哪座坟头。坟头寂寂
桃花热闹，只隔着一声鸟啼
有人在布谷声里抬起头来
想起多年前的一句话，话音未落
又在眼前漫漶了。烟雨总是连绵
从前尘旧事，到眼前之人
只隔着一日的黄昏。黄昏里有人
从村外扛着锄头归来，布谷一声一声
落在草帽上。废弃的水井荡开几圈波纹

（选自《草堂》2022年第3期）

评鉴与感悟

　　布谷,像甫跃辉小说里的一个意象。仿佛遥远的布谷的叫声,能为他带来写作上的灵感;而灵感的来源往往是"说不清楚的哪棵开花的桃树,或背后山上/说不清楚的哪座坟头。"在乡土之上出神,"坟头寂寂"与"桃花热闹"之间"只隔着一声鸟啼"。而怅望总如连绵烟雨,前尘旧事到眼前之人,也"只隔着一日的黄昏"。在诗人看穿生死之幛的想象穿越中,黄昏里荷锄而归的人可能是时间老人的化身,布谷声声,不过是时间之井荡开的几圈波纹。(李木马)

独唱

/高兴

合唱团演出时，
他总是跑调
不可救药地跑调
引起了众怒
他们终于忍无可忍
经过表决
一致决定将他开除
就这样，他来到旷野
湖边，山脚下
林中空地，成为一名
独唱演员

(选自《江南诗》2022年第2期)

评鉴与感悟

《独唱》设计了一个故事，使之成为寓言，但实际上这个寓言隐喻了什么并不重要。对诗歌来说，重要的是，它是一个秘密。它是什么秘密也不重要，重要的是它有一种秘密的质地，而让"独唱"所具有的孤独感具有了合法性，进而产生了孤独的愉悦。也就是说，我们不必从社会意义的角度去看待诗歌设计的这个故事——"他"因为技不如人而被众人排挤，所以才成了独唱演员；而是要从诗歌机遇的角度看待这个故事，如此，独唱演员的被迫性实际上就不是一种痛苦，而是一种写作（独唱）的动力。事实上，这首诗里的"旷野""湖边""林中空地"等，都是诗歌写作中经常会出现的场景，在很大程度上，你可以说这些场景隐喻了诗意，但从另一个角度上来说，它们又是诗歌写作的契机，但这个契机本身是由"开除"提供的。（楼河）

喜玛拉雅山脉

/ 贺中

你弯曲的脊背反射着雪的光芒
巨大的影子笼盖田野。夜晚降临

天和地浑然一体，我卷缩在帐篷
发现自己小过牧羊人
眸子里的一粒尘埃

(选自《江南诗》2022年第6期)

评鉴与感悟

  有时候理解一首诗，仅仅凭借语言和想象远远不够。它可能还需要经验，比如这首《喜马拉雅山脉》。对于一个从来没有见过喜马拉雅山脉的读者来说，理解起来肯定存在欠缺。这种欠缺，我暂时把它当成读者的先天性欠缺。诗人在写作的时候，在大多数情况下无须考虑这种欠缺，他关注的核心始终都是写作对象和他自己之间的联系，而不是写作对象和读者之间的联系。明白了这一层，读者就必须自行克服经验的不足。"你弯曲的脊背反射着雪的光芒",拟人化的"你"当然就是喜马拉雅山脉。对这句直接写喜马拉雅山脉的诗把握得程度越深,就越能理解后面情感制造的异象,"发现自己小过牧羊人/眸子里的一粒尘埃"。人在喜马拉雅山脉面前在天与地之间就是如此渺小。(桑克)

泥泞

/侯马

之前我写过一个军用铝盆
我就是拎着它
排了很长的队
凭票买了全家过年的豆腐
端着往回走
突然一辆飞驰而过的自行车
把我撞趴下了
那是一个雪后的春节
到处都是春天的泥泞
我感谢我神奇伟大的母亲
她把豆腐渣全都洗干净
又蒸熟了
让我感到我跪在马路上
一边伤心痛哭
一边泪眼模糊地伸手
从水洼中一块块捡起碎渣

这个决定是正确的

（选自《江南诗》2002年第3期）

评鉴与感悟

关于口语诗写作，一直存在着美学分野和争论。作为以汉语为母语写作的中国诗人，口语诗，提供了一种别样的诗学路径和可能：它的及物性、在场感、叙述空间，以及小说式的场景化、戏剧性和形象刻画。侯马这首诗，同样是对这种诗歌美学的有力佐证。诗人以一个"军用铝盆"这种带有年代符号和身份履历的物件切入，以中国日常生活里习以为常的豆腐作为线索，通过"排长队买过年的豆腐""被自行车撞倒""在泥泞地捡豆腐渣""母亲洗豆腐渣并蒸熟"这一连串带有故事情节的行为事件叙述，勾勒出一个具有中国式伦理的温情画面和母亲形象。面对生活中的种种泥泞，诗人没有回避或过度渲染苦难，而是以一种质朴而冷静的叙述方式，传递出一种温暖。（林宗龙）

黎明

/胡澄

从没见过这样的曙色
往后也没见过
母亲穿着大襟土布白衬衫
梳了辫子
母亲急急地将我唤醒
给我换上干净的衣服
"天快亮了,赶紧走",母亲说
我们挑着担,去数公里外的集市卖梨
月亮静待空中,云色无声地变幻
透着一丝丝亮光
矮山,牛一样躺卧在田边
空气是多么的清凉
母亲的和气,应对着柔和的曙色
像是离开了生活的煎熬
我的心如脚上的布鞋被露水湿透

一棵恩施的梨树,长在庭园里

母亲小心地摘下它们

拿出其中一个，切成七片

每人一片

它的甜让我惊心，但未产生贪念

它那么庄严、神圣，被我们挑着

去集市换钱

（选自《江南诗》2022年第1期）

评鉴与感悟

　　复杂和混乱，让生活在当下的诗人的怀旧情结越来越浓郁，直至胡澄这首诗从小情感走向了大意境。这首诗以对亲情、对自然和质朴生活的追思为构架，但进入的却是一种近乎极限之美的"曙色"，由此构建出一个可以安放精神的完美之境。叙事早年和母亲清晨去集市卖梨的生活场景，只是这首诗的背景。而此过程中"母亲穿着大襟土布白衬衫/梳了辫子"，"月亮静待空中，云色无声地变幻/透着一丝丝亮光/矮山，牛一样躺卧在田边"，这些超现实的意境把一首诗叙事的过程一层层变为突破性的主体。而整首诗的目的却是抵达了品尝母亲切的一片梨所带来的细密的味觉。"它的甜让我惊心"。这些词语的意外性，是通过节奏让句子在一份安静的情感中跌宕起伏，这是一种由细节和过程的质感而把目的变轻的当代性艺术观念的表达。诗人在结尾暗示了一种价值观，感受甜，"但未产生贪念"，以及对生存的"庄严"和"神圣感"的强调。（冯晏）

酒精洪灾

/胡桑

翻过瞌睡的石桥，
打开了所有的
狭隘。走在田埂上，
他才感到安宁，
就像晨起去厨房
摸到了酒杯。
他大字不识，却熟悉
窝棚里的每一只鸭子。
耗尽了青春，恨血液
流速太慢。宿醉
在泥里，柔软如柳条。
他质疑树上的
故乡，把往事摁进
一个酒瓶。
他独特、清澈、雷厉风行。
他平凡、糊涂、慢条斯理。
热情的湖水

在东升浜里要求出发，
加速，长途跋涉。
湖水揉捏出
妻子出轨时的
冷静和无知。
他从未哭过，守护着
情感里的残山剩水。
他劳动，劳动，劳动，
他饮酒，饮酒，饮酒，
他懒惰，懒惰，懒惰。
被盗去的水泥船
飘向了月球，
在那个黑到看不见
未来的夜晚，
茨菇和荸荠
沉溺在孤独里，
对人世的变故
只轻轻叹了一口气。
他用烧酒
涂黑自己，
让自己变成一股洪流，
席卷友善、责任和爱欲。
用酒换来的虚荣，
源于泥土的谦逊，
和阶级的卑微。
他在酒精的湖底
只遇到过自己。

（选自《江南诗》2022年第2期）

评鉴与感悟

在我看来，这是一首经验主义的作品，它突显了当代诗写作的及物性。在观念上，它显然有一种同情，但这种同情是批判性的。它分析了人物的个性，也拆解了这个人物的生活事件和环境，由此逼近了一个隐蔽着赞美的结论："他""让自己变成一股洪流"……"源于泥土的谦逊，/和阶级的卑微"。如果我认为诗人出身农村的猜测是对的，那么这首明显具有知识分子趣味的诗作并没有排除一种身份认同。这种身份认同使诗人有耐心尝试着进入"他"的世界（不管是内心还是生活）。但从另一个角度而言，诗人已经变化了的现实身份又使这种进入显得矜持，在"我"的世界和"他"的世界之间实际上出现了一段很长的距离。换言之，尽管诗歌描述了一场"酒精洪灾"，但它自身其实非常清醒，并展现出了克制的风貌。（楼河）

春风斩

/ 胡弦

河谷伸展。小学校的旗子
噼啪作响。
有座小寺,听说已走失在昨夜山中。

牛羊散落,树桩孤独,
石头里,住着一直无法返乡的人。
转经筒转动,西部多么安静。仿佛
能听见地球轴心的吱嘎声。

风越来越大,万物变轻,
这漫游的风,带着鹰隼、沙砾、碎花瓣、
歌谣的住址和前程。

风吹着高原小镇的心。
春来急,屠夫在洗手,群山惶恐,
湖泊拖着磨亮的斧子。

(选自微信公众号《南坡草庐》2022年11月21日)

评鉴与感悟

"一首诗中要有多少个小镇？"只看一遍，心里就想数清楚，胡弦的诗让人感觉急切。简便的方法是按段落回答，全诗四节，四个小镇，依次为：疾走的小镇，安静的小镇，飞翔的小镇，惶恐的小镇。

"河谷伸展"，是河水加快了脚步。"噼啪作响"的小学校的旗子，更为小镇的"疾走"佐证。"有座小寺，听说已走失在昨夜山中"，臆设的"听说"，让天生无足的小寺竟自隐行踪。不只山川风物在时间和空间里变动不居，连时间和空间也一起斗转星移。

"转经筒转动，西部多么安静。仿佛/能听见地球轴心的吱嘎声。"转经筒转动的声音拉住高原小镇的衣襟，小镇停住，坐下。还乡的路收回，一条路收回到起点，屏除了杂音的转经筒，唯一的声音加强寂静。一个星球的轴心到了星球表面。

小镇上空，四周，风越来越大，万物变轻。以往的重变成了石头，此刻，轻变成飞翔。带着鹰隼、砂砾和碎花瓣的飞翔已够多彩和多姿，它还带着"歌谣的住址和前程"。诗人不说一种歌谣找到了自己的载体，不说幸福或忧伤；他说小镇的语言，说歌谣住在风里，风里的前程自有远方。一座小镇，一种歌谣，两者之间有无形的线，有扯不断的牵念和驱赶。一根线放飞两端，像仰脸的孩子和高高的风筝。

如此顺滑地读解一首诗难免让诗人愤怒。好在第四节的转折和宕开给言说提供了因势陡峭的便利。不是"匆匆春又归去"，是"春来急"。春来何急？谁在催逼，谁被谁催逼？无端端的怎就有了这突如其来的危局？"屠夫在洗手，群山惶恐，/湖泊拖着磨亮的斧子"。屠夫，惶恐，斧子。翘盼的春来竟剑拔弩张，杀机四伏。是记忆在灵魂里积淀的影子推动书写的手，还是阅读者的选择性认知导致了过度反应？

语言的表象，符号的惯性，考验的不仅是阅读者的敏锐。如果没有及时警惕，自以为是的途径会给自己挖一口没有井绳的井。这里的屠夫还是那个一身污渍、满脸横肉的壮士或莽夫吗？他是要金盆洗手，还是即将做的事需要一双洗净的手？群山为何惶恐，是惶恐于冬眠的砍伐者即将醒来，还是因为一瞬间打开了绳枷自己无从适应？让湖泊拖曳而来的亮闪闪的斧子有什么可怕？它不是荡漾的春波吗，荡漾的春波不也该有它的锋利?

  一个小镇如果不是云中的小镇，或许不会使人东一言西一语地了无遮拦。如风漫游的随意让诗灵动，同时又把一些非确定性元素注入其中。多向度的通道使一座迷宫焕发持续的魅力。岔路让一条河流域更宽。而避开独解会有多解，会得到多种可能。住进石头的人未必是"一直无法返乡"，而是早就无意返乡。他乡即故乡，住下才是到达。把住址留在风中的歌谣也未必是，或原本就不是漂泊无依，较之嘴唇及纸张的承载，有风托举，天空便无所谓打开与合上。

  诗歌语言的不确定，说不定恰有更高的准确和更开阔的丰富。局部如此，整体也如此。以"春风斩"为标题，究竟取意"我有故人抱剑去，斩尽春风不肯归"，还是"将头临白刃，犹似斩春风"？似是而是，似非而非。皆是皆非，皆非皆是。即使单取后者之意，也不全是禅家的淡看死灭，豁达雅静。斩春风毕竟不同于斩秋风。好端端的春风一刀斩断，其中肯定有伤感叹惋在。何况，诗人此处也许还有另一层逆着禅家的说项，死如斩春风，生亦春风斩。阅读者若读出"春风斩白刃"，让妙趣再度横生也未尝不可。（韦锦）

在乡下向伟大的兔子致敬

/霍俊明

回乡的时候
陪父母看了一会儿电视
两只猎犬
一黑一白
正在追逐一只灰色的野兔
无人机正以上帝的视角在跟踪俯拍
整个视频不到五分钟
只有最后一秒到来时
故事的结局才会知晓
谁才是最后胜利的一方

画面充满极其流畅的速度感
冬天的田野一览无遗
一切障碍物都被时间清除掉了
对于双方选手来说
这都绝对公平

兔子不断疾速而及时地
变换方向
两只猎犬总是一前一后
一左一右
它们掌握了娴熟的抓捕战术
不断交替着领跑、冲刺
惊险至极啊
兔子有几次距离尖牙利嘴
只有几厘米

一条干涸的水渠
出现在这场追捕的结尾
一只猎犬停了下来大口喘气
另一只飞跃了过去
又坚持了十几秒钟
然后慢慢减速
它也放弃了
兔子携带着尘土
一溜烟地跑远了

无从知晓
这个惊险的故事
兔子能不能
讲给它的妻子
或孩子听
向这只伟大的兔子
致敬吧
幸存下来
需要的也不止是勇气和坚持

窗外已经暮色四沉
我和父母都长长舒了一口气
我们只是看到了
想要的故事和结局
还好
这一次
时间的编剧和主角
刚好都站在了弱者这一方

(选自《江南诗》2022年第4期)

评鉴与感悟

抑或是评论家的身份使然,霍俊明的诗歌里多有一种思辨精神,更有一种人文主义的关怀。这首诗里,诗人仿佛是一个导演,给我们讲述了一个现实版的大逃杀的故事。"一黑一白""无人机正以上帝的视角在跟踪俯拍"等叙述里,在速度和力量的博弈中,让人感受到激烈、奔突和刺激的现场感。诗人在叙述中几乎是场景式还原和再现,不断制造故事的情节和冲突,产生巨大的情感和语言的张力。诗人娓娓道来的叙述紧张刺激,犹如电影的情节引人入胜、悬念迭生。在乡下陪伴父母观看这样的电视片段,我们可以想象这个温馨的动人场景,然而在电视里却在上演一场残酷的猎杀。"无从知晓/这个惊险的故事/兔子能不能/讲给它的妻子/或孩子听",是啊,命运的征途中,壮丽和凶险无处不在。我们何尝不是被生活和命运追杀呢?谁又不是那一只兔子呢?"时间的编剧和主角/刚好都站在了弱者这一方",故事的结尾终于让诗人和读者释怀。有人说,诗歌是道德的保险柜。诗人沈苇也有表达同种情感的一句诗:"我不站在这一边,/也不站在那一边,/只站在死者一边。"但愿我们都能被命运眷顾和宽待。(卢山)

父亲种地

/伽蓝

起初,神给了父亲一座山
父亲在山上开一片地
那一年种谷子
这一年种玉米
种谷子的时候,父亲提一把小锄
锄一下杂草,间一下苗
种玉米的时候,父亲提一把大锄
锄一下杂草,间一下苗
神给了父亲一片云
谷子地里下小雨
玉米地里下中雨
谷子熟在秋天,每穗谷都一样大
羞答答地低着头
神给了父亲一群麻雀
麻雀兴高采烈来吃谷子
神给了父亲一个稻草人
稻草人黑里白天守着谷子地

玉米也熟在秋天，每苞米都一样大
雄赳赳地站着
神给了父亲几只獾子
趁着月色来偷玉米
神给了父亲几副枷锁
枷住偷粮食的獾子
这样，每年秋天
父亲都吃着小米饭、玉米饼和獾子肉
之后，神又给了父亲一个女人
这个女人就是我的母亲
她在大地震那年生下了我
四十二年后一个早晨的
八点钟，我写下这样一首诗

（选自《江南诗》2022年第4期）

评鉴与感悟

这首带有某种家族自传式的诗歌，讲述了父亲和土地的情缘，也是一代人命运的故事。"起初，神给了父亲一座山"，仿佛是创世纪一般，命运馈赠了一个男人的全部家产，于是便开始了漫长的征途。在"神给了父亲一片云""神给了父亲几副枷锁"等叙述中，由宏观图景向微观现实具体呈现，物与物的交替中也展开了父亲的命运——与土地的博弈和纠缠，如此惊心动魄又温暖迷人。直到"四十二年后一个早晨的//八点钟，我写下这样一首诗"，我们被诗人拉回当下，回到一个旁观者的位置。一首诗歌展现了父亲的一生，也是土地的一生。伽蓝在散文《小小的土地》里说："父亲把自己写好的一切文字都交给大自然，自己却赤条条的一个人回来了。"在缓慢的叙述中，我们仿佛在观看一部纪录片，一个男人的"创世纪"，一个古老中国的命运。诗歌记录命运，也揭示命运。恬静处有烟火，情深处惊雷无声。星宇垂幕，大地无言，向所有的父亲致敬。（卢山）

风平浪静

/ 见君

陶瓷大缸里，
荷花，
自己涂脂抹粉。
叶片贴在水面，
水的心虚，
绿色的补丁。

鱼的唆使下，
湖水喝着河水。
任时间一滴滴掉进去，
不泛起，
任何激情。

一切风平浪静。
一个男人，

端一杯慢慢变淡的茶水，

慢腾腾地，

查看自己的使用说明。

（选自《诗歌月刊》2022年第12期）

评鉴与感悟

见君这首《风平浪静》，写的是一种"中年的安静"。他看清了生活的"陶瓷大缸"里那些"自己涂脂抹粉"的荷花，看见了像"叶片贴在水面"一样没有骨头的人，看见了"水的心虚"和"绿色的补丁"……是的，在生活这池子水中，诗人看见在"鱼的唆使下/湖水喝着河水"，看见在温水煮青蛙一样的浑然不察中，任何一滴水都很难泛起任何激情。而诗人有着难得的清醒，在超然的洞察与审视中，他眼中是"一切风平浪静"。当他冷静地"端一杯慢慢变淡的茶水/慢腾腾地/查看自己的使用说明"，我们知道诗人对世界心中有数，我们对世界也心中有数。（李木马）

六月过后

/ 江非

照片里有夏日雨后初晴的湿气
万物被拧干的白毛巾轻轻擦过

你在门口整理着你的马
手中一把黑色的毛刷
顺着鬃毛向下滑去

你的头埋得低低的
脸几乎贴着七月的马背

妈妈还活着
傍晚的鸟野心勃勃
要飞过无尽的田地和黑夜

雨还要继续,父亲站着
晾衣绳上蓝色的袖子,被风轻轻卷着

(选自《椰城》2022年第1期)

评鉴与感悟

江非的这首《六月过后》如乡村油画，里面"有夏日雨后初晴的湿气"，有白云轻轻擦过。第二节，作为主角的人出现了，"你在门口整理着你的马/手中一把黑色的毛刷/顺着鬃毛向下滑去""你的头埋得低低的/脸几乎贴着七月的马背"。那时候"妈妈还活着"，傍晚的鸟"要飞过无尽的田地和黑夜"。在回忆的雨中，"晾衣绳上蓝色的袖子，被风轻轻卷着"的时候，父亲又仿佛站在了院子里。复活乡村生活中消逝的场景，是江非所擅长的，而诗人的本领在于，在真切的人生画面中，能让读者嗅到与自身命运似曾相识的气息。（李木马）

苏堤遇雨怀东坡

/江离

湖上白雨跳珠
仍像当年,望湖楼所见
天地一体,湖光与山色尽入白茫
挡风玻璃前水流如瀑布
雨刮器似抽刀断水
汽车过堤上陡桥几座
起飞的拉升和被抛离的失重
你都曾经历过
乌台案后,尽管你四处漂流
政治的风雨沾湿身上的寒衣
却已不会浸透本心
你成了最终的你:
无尽的时间中,生如不系之舟
承受天地间命运的幽深
死是飞鸿雪泥,只留偶然的印迹
在两者之间,是尽情地投入生活
依内心的指引而行动

让才智与品性，绽放个体的光彩

当你身临长江

看到江水近处腾着细浪

远处托举着天际

当你在黄州，躬耕于东坡

仿似陶公在东篱而望南山

你的竹杖青褐，你的芒鞋草黄

立身雨中，只道也无风雨也无晴

（选自《十月》2022年第2期）

评鉴与感悟

怀古怀人之作，乃诗之本能，现如今已然变成考量诗人能力的一个标尺。驾车的诗人江离，在杭州苏堤遇雨，烟雨茫茫之间，诗人的思绪仿佛穿越时空，自然而然地想到了心中常念的东坡，于是一种旷古忧思袭上心头。"湖上白雨跳珠"，仍像当年东坡望湖楼所见的样子，"挡风玻璃前水流如瀑布"，大与小，古与今，在意象自然组合间瞬间拉近，而"雨刮器似抽刀断水"，抽刀断水水更流，情感的洪流如钱塘潮一般奔泻。以"汽车过堤上陡桥几座/起飞的拉升和被抛离的失重"象征苏轼的命运，是那样精确而微妙。而在生命的风吹雨打中，"你成了最终的你"。诗人与苏子仿佛并肩"立身雨中"，向着白茫茫的远处，共同吟出了"也无风雨也无晴"。（李木马）

青年别

/姜超

十几岁就知道
血里有铁
又过了三十年
我还是不能把那些铁
提取出来
造一根钉子
把摇晃的世界
按自己所想
钉牢

(选自微信公众号《诗人名典》2022年4月16日)

评鉴与感悟

这首《青年别》，只有短短九行，亦不繁复，很好理解；读后，让人产生很多思考、警醒、反思。这当然就是好诗之胎带来的沉积与律动。

先说说这诗题"青年别"。乍一看，心里涌出一个字：俗。差点把它划入青春诗的行列。但细读之后才知，姜超此处的言愁并不是强说，而是强行把你同化，让你在瞬间成为他诗的附庸或俘房，进入他所设定的视域范围，带你和他一起浸润，一起完成一首诗的一呼一吸。

再说说这首诗的核心词：铁。诗人取铁之耐性、坚硬之质，以其刚强、尖锐之义喻人。诚如诗人所说："十几岁就知道/血里有铁"。这是一个理想青年之相，也是诗人自己，或者是青春的我们共同的群像。

铁需要冶炼，没有高温、锻打、磨砺、淬火，是不会一蹴而毕现，而成针，而成武器，而成为成长成熟成就之跫音、之气质、之精神。诗人在"又过了三十年"，站在中年门槛之际，怅然若失，心有不甘，不惑的期待，似依然还在期待中。

最后，诗中的"铁"变成诗人期待的"钉子"，而这一根钉子承载着诗人钉牢世界的梦想。这应该是诗人的终极追求，也是要从铁中淬取的鲜明而独立的意象，是最终的诗意。

华兹华斯说，诗歌是强烈情感的自然流露，它起源于宁静中回忆起来的感情。并不晦涩，也不费解的《青年别》，读来不倦，那是因为诗人放逐的乃是其"强烈情感"，并于宁静中轻轻擦拭，使其具备了一首好诗的锐利与魔性，让作为读者的你真的以为它就是写的你，给你写的。

诗人没有刻意地为自己要的意义搭建豪华的边框、四至，也没有意识到，他这朴素的建筑确有钉牢读者的力量和神奇。

诗人要的诗意没有停留在我的成长上，而是呈现出个体与社会的对冲、对撞的挣扎形状。在一次次锻造中，没有停止过寻找与追问，那终极的意义似乎就在眼前，却又无法撞见。由此可见，诗人纯净的初心还是那样鲜亮。他当初的梦想，于尘烟隐隐处没有熄灭，还在努力燃烧。

这乃是闪着光亮的小诗的诗心，尤其可爱。（三姑石）

晨遇

/孔庆根

薄雾在水面舞蹈
苇塘寂静,芦花收缩
一只早起的鸟儿飞过
停歇在一秆芦苇上
茎干负重、弯曲、倒挂
像要落到水里

鸟跳跃、踱步,且鸣叫
而新的平衡诞生
芦苇颤动、摇曳、花絮舒展
他们像两个忘年的好友
初见的冷涩与僵硬之后
身体里的少年飞奔而来

走在冬天
寒风在日夜收割
此刻,一双爪子抓住了我

摇晃着我
一个顽劣少儿抽穗而出
寻找他的鸟虫草木

（选自《江南诗》2022年第5期）

评鉴与感悟

这是一首"动感"之诗，也是一首"应和"之诗。首先，诗人用"薄雾在水面舞蹈"等一系列动态的意象汇聚在一起，产生了一种众声喧哗的热闹景象。紧接着，诗人把镜头对准"鸟"和"芦苇"，这一"动"一"静"的两个意象搅和在一起，"诞生"了一种"新的平衡"，而这种"新的平衡"唤醒了诗人"身体里的少年"。再往后看，"爪子"这个意象出现了。"爪子"的出现，虽然唐突了些，但却是这首诗的点睛之笔。正是因为这双"爪子"，使得"我"身体里的"一个顽劣少儿抽穗而出"。这里"抽穗而出"刚好和上文中的"飞奔而来"产生了某种应和的效果，而这种应和又恰好对应了"芦苇"和"鸟"的应和。就这样，诗里的"我"也加入到这自然间的共振之中，从而成为自然的一部分。（杜鹏）

六月

/ 蓝蓝

妈妈不在这里。六月新割的金黄麦茬
四周是寸拃高的花生苗。蚂蚱和麻雀
惊奇地打量新来的客人。

拉棺木的车子摇晃着走了。人们肩扛铁锹
抽泣的亲人们走过我身上。他们的鞋底
粘着墓地的土、散落的麦粒。妈妈不在这里。

黄昏很快降临。不远处土地庙门口
蹲着抽烟的老汉,起身回家。到了半夜
岭上高悬一轮明月,梧桐树举着一排黑伞。

待会儿我就睡去。当太阳从蓝河升起来时
人们燃起炊烟,年轻人的心脏因恋爱
而疯狂跳动。我躺下,在妈妈温柔的影子里。

(选自《大家》2022年第3期)

评鉴与感悟

蓝蓝的这首短诗,以逝者的视角打量人世间,麦茬、蚂蚱、麻雀、灌木、铁锹、墓地、土地庙,以及岭上高悬的一轮明月、黑伞般的梧桐树、炊烟……这些与故土息息相关的意象在冷静的沁凉中给人以生灵不倦轮回的宿命感。的确,田野、村庄,是我们生命出发和最后回到的地方。诗中写到的"妈妈不在这里"意味深长,可能暗示着我们已经永久地失去了一些什么。是的,生命的来与去,此岸到彼岸,生命的别离也意味着另一种重逢。(李木马)

少年心

/老井

人生一世　草木一秋
地球不停地翻滚
万古长存的树木和泥土都被
埋在了负八百米深处
我们借助电力和机械的力量
将岁月的瓶口拧开
进入到其闷热的胸腔里

大地沉睡的心灵被钢钎敲醒
石门轰地洞开。乌金和瓦斯梦一般的涌现
从青春到白首,坐井观天的我
一直都在遥望,一直都坚信
自己被热汗打湿的目光在
穿透八百米厚的土石后
就可以带回两轮月亮

春天里煤壁释放出扑鼻的豆花香

夏天时淮河的怒涛会拍打在坚硬的岩体上
秋天里忙碌的矿车落叶般飞旋
冬天时轰鸣的移动变压器就是电力的太阳

远离庙堂之高,身处江湖之底
遍体沾满岁月的淤泥
擦汗的一瞬间,我把白头贴近了黑炭
一颗砰砰跳动的少年心
在高耸的煤壁中得到了呼应
理想主义的光芒短暂地把
乌黑深邃的地心照亮

(选自《上海文学》2022年第1期)

评鉴与感悟

的确,作为煤矿工人的诗人老井有着一颗理想主义的少年心,写出了很多"负八百米深处"的诗作。在煤层深处,他直面语言的岩壁,看见"大地沉睡的心灵被钢钎敲醒",看见"石门轰地洞开""乌金和瓦斯梦一般的涌现"。是的,从青春到白首,老井一直在矿井向上遥望,"一直都坚信/自己被热汗打湿的目光在/穿透八百米厚的土石后/就可以带回两轮月亮"。难能可贵的是,他还能够闻见"春天里煤壁释放出扑鼻的豆花香",还能够"听见地心深处的蛙鸣"。的确如此,多年井下的艰苦劳作,并没有影响"一颗砰砰跳动的少年心",诗人精神的光芒总能把"乌黑深邃的地心照亮"。(李木马)

鸟飞鸟的

/ 离离

鸟飞鸟的,它飞过了蓝天
鸟飞过冬天,雪下在白色的山顶上
鸟飞鸟的,它没有低头看一眼人间
你说有只鸟儿飞过了
我们一起抬头
我们抬头的瞬间
幸福来得那么自然

(选自《青年文摘》2022年第15期)

评鉴与感悟

诗有时是一种情绪的出口。好诗可以引领读者抵达身心舒畅的妙境。无疑,离离这首诗有此功效。

诗人于轻松和淡然的气息中似有一种郁结。

仅仅从题目上看,这种感觉就应该是确定的。鸟飞鸟的,我该干嘛干嘛。很明显的言外之意,似不容辩驳。

然而诗人看似轻松的状态下，其实心有郁结。"鸟飞过冬天，雪下在白色的山顶上"，这是诗人眼见的危乎高哉，也是不能改变的自然之序。无奈、无助和无力的心境，瞬间就要打开。

诗人于字里行间似沉潜一种隐忧。

"鸟飞鸟的，它没有低头看一眼人间"。曼德尔·施塔姆说过，流浪汉最可怕的不是打你、骂你，而是他走过你身边时，连一眼都不看你的漠然。鸟不比流浪汉，但他们的漠然却是相同的。许是鸟看惯了人间，看惯了人之种种，有厌倦，有忌惮，或者有绝望，它正加速逃离人间，去寻找属于自己的天堂。

诗人于恍惚之境中凝视一只飞翔的小鸟。

"你说有只鸟儿飞过了"，这是诗人看见的鸟，也是诗人要向人陈述的别人看见的一只鸟。还有一种可能，就是诗人的自说自话，要达到的交流、互动的状态，达到强化诗意的效果。

这是一只什么鸟呢？它好像一直在我的想象中，一直在飞翔，却一直没有飞过我的视野。我相信，它也没有飞过诗人，而是一直在诗人独有的世界里停留。

诗人于看鸟的仰望中用鸟心比自心。

这首诗让人最感动和在意的是最后一句，人游走的灵魂会一下子就停留在此时此境，好像与诗人一起在仰望天空，一起深陷在感动的情境里。

诗人似于不经意间发现了一只可以为之代言的小鸟，一只有郁结、有隐忧、有独立个性的、向着自由之境奋力飞翔的太阳鸟。

而我们都有一颗飞翔的心，都有对自由天空的畅想与期待。

诗人一抬头，就发现了生命中的许多意义。他于众鸟中找到了属于他的鸟，他要寄予诗意的一只。他不是在仰望一只鸟，而是在凝神注视着，练习飞翔的另一个自己。他也在耐心地等待着，属于自己的飞翔时间。（三姑石）

君山银针

/ 李不嫁

如茶艺小姐姐所演示的

我们的人生
恰似一小捧银针
投入沸水中

起先是雀舌含珠的童年，纯洁晶莹
待长大，闪展腾挪如游龙戏水
及至中年鼎盛
如菊花满园

谁料到，现在的我们毛发直竖，刀枪林立

哦，一杯好茶！
哦，喝！

（选自腾讯网《好诗有约》2022年3月20日）

评鉴与感悟

　　李不嫁的诗于字里行间都埋着一声"吼"，他好像要把自己也埋进去，所以，读他的诗要保持一定的警惕性。

　　这首诗不过是一个简单的比喻——诗人让茶艺小姐姐拈住一小撮银针，开始演示在一壶沸水上的人生，很是精道，让人称奇。

　　如果到此收笔，诗意也是完整的。但是，作为老诗骨的李不嫁绝不会仅仅于此，他的"吼"还没埋下来，他要的诗意还没生成。茶艺小姐姐演示之后他还要向我们展示他的看家茶艺。

　　我们仿佛真的听到一声"吼"——"谁料到，现在的我们毛发直竖，刀枪林立"。

　　这哪里是银针入水的样貌啊，这展现的是别样的人生态势，有冲突，有起伏，有辗转，而非顺境下达成的"菊花满园"。

　　我们要着重细读两个词的运用之妙。一是"毛发直竖"这句，把不顺从不满意之怒体现得淋漓尽致，我们好像看到诗人的帽子就要从头顶飞起来。二是"刀枪林立"的植入，又把怒推到行动的层面，似一场决斗已摆开阵势，十分形象，很有惊心动魄的意思。

　　可以说，诗人于诗中呈现的不是一小撮银针顺其自然、水到渠成的人生，而是起风了，动摇着，有变数。这种不逊与对冲，正是诗人要的诗意。他要把吼天、吼地、吼人的郁结倾倒在一张纸上，并迅速点燃，不这样，就不是他的快意人生。

　　咀嚼全诗，可以确定，这是一首人生之诗、沉静之诗和愤怒之诗。

　　而且诗人把大人生的时间置于泡一壶茶的工夫，喻人生之短之急，很是煽情。

　　让人不禁轻轻喟叹——

　　　　哦，一杯好茶！
　　　　哦，喝！

　　（三姑石）

一首诗中的红碱淖

/李木马

在一首诗中,最美的是红碱淖
红碱淖,位居一首诗的中央
驼背上的昭君,仙女的七彩飘带
水草以诗行的姿势倾斜
银鱼与遗欧是灵感的主意象
还有鲤鱼、鲢鱼、草鱼、鲫鱼
还有白天鹅、鸬鹚、鱼鹰、野鸭、鸳鸯

在一首诗中,最孤独的是红碱淖
美,孤立无援的根据地
被看不见的时光之手磨损
孤独,如沙漠中传说一样的清水
如一棵干枯的树坚持着某个姿势
——逝去的美无可挽回

在一首诗中,最让人心疼的是红碱淖
除了具体的红碱淖

还有抽象的红碱淖
特别是心灵的湖泊中
美与良知的水位
尘世中，蒸发和泄漏掉的
不止是水，还有
如水一样的别的什么

在一首诗中，今夜无眠的是红碱淖
梦境里倒映的水面残阳如血
远方沉默如天地之唇
越来越瘦的红碱淖啊
以怎样的方式
挽留流逝与蒸发之美……

（选自《中国铁路文艺》2022年第7期）

评鉴与感悟

诗人找到了一个词"红碱淖"，并赋予这个词以活的灵魂。这个词可以是一首诗中的，也可以是画册中的、历史中的、心灵中的一个词，当然也是陕西与内蒙古边界的一个湖泊。诗人紧紧抓住了这个词，用喉咙里的交响，在反复吟咏"最美的""最孤独的""最让人心疼的""今夜无眠的"红碱淖，从而确证一首好诗的精粹。从文字的行进间，我们能感受到诗人于历史与现实的纠缠间、故乡与他乡的游离中、自然与心灵的挪移里用了最大力气，进行不倦追寻与终极拷问，让诗意在其中形成、弥漫与奔突。而"驼背上的昭君"，这个由红碱淖核心意象辐射而成的典型意象，又成为此诗之好之深幽的入口与爆破点，尤其令人难忘。（三姑石）

山顶之风

/李琦

没人看见过它,它却如此真实地
存在。像一种思想

这无形之物,此刻
正温柔如丝绸的手帕
但它到底是风啊,能量无边
只要它想,就会把那些
被形容为坚不可摧的事物
瞬间变得岌岌可危

山顶之风,此时
正俯身在一朵最小的花上
不知道它们交流了什么
只见那朵花心醉神迷
正欲竭尽全力地盛开
直至粉碎

(选自微信公众号《星星新诗社》2022年7月14日)

全诗共三节,第一节是打开这首诗的一道矮门,不必侧身,但读者需要低下头,才能顺利进入一首诗的制造中心,一个既有宏观叙事,又有具体呈现的管辖领域。理解这首诗必须抓住"思想"这一核心词。风即思想,见证这首诗的强大与独到,必须在此间开掘才会顺利抵达。

第二节是这首诗的宏观叙事部分。诗人淡定、从容地从宏观视角讲述"这无形之物","此刻/正温柔如丝绸的手帕"的情节,不禁让人为之一震,这山顶的风,从思想的纹理中,抽身成一块手帕了?这个比喻,应是强调与温柔力量的肌理呈现的一致性。短短数语,诗人又把"手帕"冶炼成温柔之剑,以极尽温柔之能事,把"被形容为坚不可摧的事物/瞬间变得岌岌可危"。这一节,诗人意在找到温柔的机锋,鲜明地亮出立场,一个温柔制造者的反抗的、战斗的含藏。

第三节是这首诗的具体呈现部分。诗人抓住了一个典型的具体细节,通过这个细节的凝视,爆破出温柔力量的磅礴诗意。

"山顶之风,此时/正俯身在一朵最小的花上"。这仿佛是一个表达挚爱的姿势,极具画面感的呈现似乎在说,这是爱,但我知道,那又绝不是简单的爱……因为诗人在专注、细腻的观察中,在不断追问。

"正欲竭尽全力地盛开/直至粉碎"。这是诗人英雄主义的表达,在"风"之无形与有形的引领下,"花"被赋予理想的盛开,诞生一种舍身取义的英雄之举。

但,也许风就是风,也许花就是花,被形容为坚不可摧的事物不过就是纳木措湖边的石头或新疆的丹霞地貌。而诗人于诗中的言说,不过是在强调山顶的风,在关注万物,释放它的爱、它的恶、它的粉碎、它的尘起、它的……一切的期待与期待的破坏。

这样看,这首诗又是一首典型的自然之诗,比它的非自然意义更令人动容。(三姑石)

不是等月，是等你的温柔

/李铁柱

月亮从山后升起
像极了你羞涩地抬头
那皎洁的月色一如你的温柔

月光的脚步那么慢
我等待月色满屋的心却那么急
当月光爬窗漫进屋里
我的心因为等待早就成了鼓

月光敲打着心鼓
我的灵魂像被蜜蜂蛰
一下，又一下……
短的疼，长的甜蜜

今夜，我还要等月
等你的温柔被月光带进屋里
伤算得了什么，失眠又算得了什么

我渴望被你狠狠地刺

(选自《民族文学》2022年第3期)

评鉴与感悟

《不是等月,是等你的温柔》,诗的题目特别像一句港台歌词。"月亮从山后升起/像极了你羞涩地抬头",开门见山的微妙,把诗的品级瞬间拉升。月光的温柔与缓慢,我的心急火燎,在对比与反差中构成了审美弹性。接下来一个重要的"主角意象"——蜜蜂出现了,嗡嗡飞翔的蜜蜂,与银色的月光是默契的,而我渴望被情感的蜜蜂一下一下地蜇,也是幸福的。"一下,又一下……/短的疼,长的甜蜜"。这样的幸福感,是很多读者体验过的,于是无条件地"等你"变成了带刺的幸福,"渴望被你狠狠地刺",受伤和失眠早已算不得什么了。

(李木马)

草叶上的瓢虫

/李郁葱

总能够引起迷惑,为它们的色彩
和迟缓的行动。保持住一个孩子的发现:
它是一个宇宙倾向于星期天的

悠闲。仿佛我的无所事事?
七天,在造物的秩序里,七个印记的
篝火,能够对应于七天的劳作?

它几乎不动,像是泪珠
卡住了一个绿色夏季的风之浩荡
它的工作,或维持住一缕气息?

它在想什么?鞠躬于一叶
阔大的枝叶,吮吸,还是闭目于鸟类的
啁啾,如果太近了得逃离这种压迫

这鸣叫是你们的天堂,却可能是

我的地狱。比如冬天能够延长它生命的周期
从漫长的睡眠中醒来在另一个季节

但显然不是眼前的这一只,也许是
它的后代:暴力在日常不动声色,
繁衍也是。它或许完成一个伟大的承诺

在我们所知道的一个月的长度里①
乏善可陈的生平被躯体的痉挛所眩晕
力之循环?它对这世界注入一生

(选自《江南诗》2022年第3期)

评鉴与感悟

对物的刻录和凝视,从来不缺乏美丽的诗篇,如华莱士·史蒂文斯的《观察乌鸦的十三种方法》、玛丽·奥利弗的《野鹅》、雷蒙德·卡佛的《蜘蛛网》……这首诗则是聚焦在一只"瓢虫"身上,呈现出一位诗人孩子似的成人发现。为什么是"孩子似的",同时又是"成人发现",两者看似是一种悖论,但正是这首诗的美学魅力所在,最大限度地指向经验的融合和复义。"孩子似的",则是诗人提供了一个抵达生命核心的视角,面对草叶上的瓢虫,引发的生命联结。"成人发现",则是诗人注入了许多哲学思索在其中,有《圣经·创世纪》里关于"七"宗教元素的思索与启示,也有哲学家赫拉克利特关于"人不能两次踏进同一条河流"的注解,如"但显然不是眼前的这一只,也许是/它的后代:暴力在日常不动声色",这些充满智识的思索,都发生在一位诗人对一只瓢虫深情驻足之后。(林宗龙)

---

① 瓢虫的生命周期通常为四周,冬眠可延长它的生命。

穿过果园的河流

/李元胜

一切呈弧线形,你穿上旱冰鞋时
工厂向后滑去
滑向设计它的蓝色图纸

坐在船头的我,连同整条运河
压弯了某根枝条

从渺小的孢子,从上岸的鱼
时间
像苹果树一样积累着果实

但是,如果放下手里的工作
所有事物就会向后滑去
速度越来越快

我也会,直到撞到某个边界
才会停下

那是最初的蓝色图纸
一个名字正在长出血肉
成为我

那是我的开始
晨光照亮前方,那里有无数诗歌
在等着我把它们写出来

(选自《江南诗》2022年第2期)

评鉴与感悟

这首诗的最后一节申明了它是首元诗,关于一般诗歌的诗。元诗具有论述的性质,但在这里,作者通过设计场景而以隐喻的方式展开了论述,在这个角度,这个场景所包含的动作、景观都有一种言外之意。实际上,我们可以将它与希尼的《挖掘》进行对照式的阅读,也许就更能理解它的用心。但与《挖掘》不同的是,这首《穿过果园的河流》并没有将诗的场景局限在一个单一而具体的事件中,由此也展开了两者之间更大的分别:《挖掘》中的元诗方式意味着,诗意来自于生活中的一个事件;而《穿过果园的河流》中的元诗方式却有着更强的诗人意志。也就是说,在后者这里,论述诗是一个显著的写作目的,它作为一种写作力量牵引出了整首作品的完成。(楼河)

盛满月光的院子

/ 梁久明

推开院门,恍若突然看见
整个院子一下子盛着满满月光
看见那些家什沉在里面
挂在屋檐下的是上午用来铲地的锄头
立在墙角的是下午用来挖土的铁锹
它们没有一点疲乏的样子
个个神态安详

院子中央的压水井
墙根下的两只柳条筐
井边的洗衣盆和旁边的一块石头
都不是白天看见的模样
都像刷了很薄的银粉晾在那里
一声鸡啼是梦中的声音
狗老远就听出了我的脚步
在我进院时一声不吭

双脚试探着移动

最后停在院子中央

我不知道月光照在我身上的样子

我想，肯定跟照在家什上不同

月光透进了我的身体

我不会像那些家什

在月光移走之后

又回到原来的灰暗中

（选自微信公众号《中国校园文学》2022年10月23日）

评鉴与感悟

梁久明的诗是朴素的、真挚的、没有受过任何污染的，不炫技、不造作、不跟风，他的所有努力就是要把真实的自己放进一首干净的诗里。在《盛满月光的院子》中，这种感觉似乎更强烈。

诗人从外面的世界回到属于自己的一隅，好像发现了新大陆一样发现了院子里的"月光"，而这一直在的月光，因这一日诗人的心性不同而炫而喜而与寻常有异，而"满满"的，又表明这月光之盛、之明、之摇荡心旌。我们能感到诗人情绪的饱满、内心风景的灿烂。

月光这个核心词被诗人牢牢抓到手心里。借着月光，诗人开始细数沉在院子里边的家什，诗人要和它们展开一场深度合作，在诗人自己设定的主场——院子里，完成一首关于乡村、关于月光、关于家什和我的诗歌。

调动起视觉——"它们没有一点疲乏的样子/个个神态安详"；

调动起听觉——"一声鸡啼是梦中的声音/狗老远就听出了我的脚步/在我进院时一声不吭"；

调动起味觉——"满满月光""压水井""很薄的银粉"……这些散发着某种气味的意象，总让我舌根不能自控地涌出唾液，甜丝丝的，兼有淡淡的涩。

这些家什瞬间无比柔软了，有了某种治愈功能，像一块温柔的手帕，轻轻拂拭着诗人那颗完全回到属于自我之地的心灵，熨帖且温暖。

最后四句，渐入魔幻之境。作为我与月光的共同观照物，家什可照亮，月光移走又会变黑暗。而作为我，"月光透进了我的身体"，月光移走后，我亦自带光芒，这光芒来自"透进"后的一种濯洗、一种醒悟，甚或一种新生。

诗意在我与家什共生的院子中神奇地发生，在共浴的月光中弥漫升腾。我，是人性的载体，家什是物性的观照。诗人在诗中似架设了某种通道，使人性与物性水乳交融，且，物性因人性而精彩，人性因物性而闪光。（三姑石）

壬寅初七，草堂人日拜祭杜公

/梁平

在草堂过人的生日，
与杜公有个约定。天的颜色有点灰蒙，
一树枯枝直面，感觉背心发凉，
越看越像冰冷的铁链。

一枝红梅当香调整心情，三鞠躬，
恭祝缺少快乐的先生快乐，
恭祝茅屋不再为秋风所破，
恭祝天下人都是笑颜。

雅士们从南门到东门曲水流觞，
水上雾岚升腾的魔幻，装饰了画框，
诗词唱和、水墨泼洒，笔走虎啸，
落款杜甫草堂。

生日快乐！创世纪第七天诞生了人，
一就是全部，快乐一个都不能少。

不把人当人的人不是人，
不配。

坐守草堂的杜老爷子精神矍铄，
对春天一直保持警惕。花团锦簇里，
安排一场雨，洗心的冷漠，
洗众生眼里的阴翳。

（选自《四川文学》2022年第6期）

评鉴与感悟

以史为鉴，于诗人梁平而言，就是在"不安的时代"里安静地与史"交谈"。显然诗人所静置的画面是精心勾勒的思想毛坯，情感的纯净是一种灌溉，或者诗人内心活动的细腻捕捞。在经历相对和质疑的精神意志力倾斜后，历史是无法纠正，就如时光永远不会倒流，但是诗歌可以救赎，可以清明，可以召唤新的自我声音，甚至"扶正"认知中对真正意义传统文化、人文或阴暗中的良性审视。《壬寅初七，草堂人日拜祭杜公》中，诗人貌似在礼拜于一种生命的最终信仰，杜公"国破山河在，城春草木深"不再是一种凝神观照的精神气象，而是实实在在的灵魂互照，"一枝红梅当香调整心情"，实则是一种大通的圆融，诗人以诗歌的尊礼回敬历史的命名，诚然诗人有自我风骨傲气，自曰"对春天一直保持警惕"。当往昔的非审美被词语淘洗干净，三拜九叩都是朝向内心深处的圣洁。"安排一场雨/洗心的冷漠/洗众生眼里的阴翳"，这深深地隐忧，是与杜公同频的，只是在不同的时代天空下而已，面对尘世的隐忧，诗人抒怀的诗是恬淡的，亦是疏离远之世相的。（陈啊妮）

向现代之狗扔了块石头

/林莽

什么是现代艺术
皮娜·鲍什说：我舞蹈，因为我悲伤
在德国她的剧场那么广阔
我见过她煤矸石山上的露天舞场
肢体的语言不再唯美

塞尚因沮丧而画下那些灰绿色的作品
梵高因想念而有了十几幅燃烧的向日葵
安迪·沃霍尔用波普完成了
对资本复制的控诉

那也只是匠人的手艺
没有心的战栗　没有了灵魂的波动
那只是向现代之狗扔了块石头

（选自《人民文学》2022年第2期）

评鉴与感悟

无疑,林莽先生写了一首为我们讲述艺术道理的诗。他以诗人独有的思想洞察力,剑指要害,告诉我们任何现代艺术都不能仅仅披上现代的外衣,而是要在艺术的认知与表达中融入艺术创造者真切而炽烈的情感。任何艺术创作和艺术表达,主体都应该是活生生的人,必须从人本体的感觉与感受出发。否则,极有可能沦为"为艺术而艺术"的"闹剧"和"杂耍"。诗人以直抒胸臆、不吐不快的语言速度,振聋发聩地告诉我们,任何现代艺术,如果"只有先锋概念和娴熟的现代技巧",如果没有"心的战栗"和"灵魂的波动",那就只是"向现代之狗扔了块石头",而"现代之狗"与"石头"之间,还生发出悖论之外的哲思。这首诗另外的潜台词是,艺术创作必须深入学习和体察中外真正的艺术家,走进他们的内心世界,才能洞悉艺术语言和艺术行动转化为艺术力量的路径。(李木马)

立秋

/ 林珊

如果漫长的离别，只是为了
短暂的相逢

那么我们真的不必在天亮后的
人群中，相拥着告别

这样的一个夜晚，秋风拂面的夜晚
就让我们怀抱着鲜花

站在美丽的星空下
靠近一点，再靠近一点吧

（选自《江西日报·副刊》2022年3月5日）

评鉴与感悟

　　林珊的诗，优雅含蓄中富含情感的温度。秋天的别离，是一个无数人写过的惯常主题，林珊举重若轻地写出了属于自己的含蓄又优雅的诗意。可贵的是，这种举重若轻的诗意获取，没有一丝牵强与生涩的痕迹，从中可以看出诗人的文学素养。站在星空下，打开身心与毛孔，让真爱与相思一点点靠近，这是一种多么旷达又细腻的情感表达！（李木马）

美菰林之恋

/林秀美

这令人迷醉的早晨
万物醒来　浅草间
杜鹃花、银杏、木荷林、枫林香
虚构般
流动交织着绿色的光芒
像遗忘　又像被重新唤醒

走进美菰林　看寂静
转动时间的波纹线
看每一片叶子都被
命运青睐　所有的花朵
被无限赞美

森林里　爬满墨绿的苔藓
靠着一棵红豆杉站立
我仿佛看到光阴的细节
一些消失　一些又涌起

多少悲欢交织的过往

不停地翻转

又有多少触目惊心的

热情　如期开放

十月深邃　鸟鸣在

隐秘的林间探寻

光一点一点移过来

正好落在我的发梢

（选自《福建日报》2022年12月25日）

评鉴与感悟

美菰林，一个秋天的早晨，典型的诗意环境就此生成。林中，一个纯自然意象的植物世界，仿佛让诗人也变成了一株植物，于是她看见"万物醒来"之后"浅草间"的"杜鹃花、银杏、木荷林、枫林香"，其实就是自己。这些真实可感的画面，顺着至纯至美的林间小径走向理想化的虚构与虚幻，沐浴在"绿色的光芒"中，那些美好的遗忘"又像被重新唤醒"了。于是，诗人带我们"走进美菰林　看寂静"，看瀑布般的"绿色的光芒""转动时间的波纹线"，于是走进诗意伊甸园的"红豆杉"女子"看到光阴的细节"，看见"一些消失　一些又涌起/多少悲欢交织的过往"。而神性之光和诗意之光的抚慰，已然拂去诗人心灵镜面上的最后一粒尘埃。（李木马）

我的心只有拳头般大

/ 刘川

我的心只有拳头般大
它也的确是一只拳头
整天在里面
砸我的胸膛
尤其愤怒之时
它会砸、砸、砸，使劲地砸
它要去殴打这个世界
还是要殴打垂着两只手
从来不反抗的我

（选自微信公众号《灌河文学》2022年5月20日）

评鉴与感悟

读刘川的诗是危险的，需小心谨慎，否则易发音不准、步子走偏，扭曲、误读了诗意。

读这首诗，有三问要和大家分享。

一是，它为什么要去殴打世界？

诗人首先把自己的心想象成了一只拳头，赋予它打世界的可能性。这是个简单比喻达成的语言层面的答案。另一层面，他的"拳头"，受到了诸如肋骨、皮肉的围堵。它不打，就逃不出来，就证明不了自己，别人也发现不了自己，也不会有人爱上或从此有恨于自己。这是"拳头"生存环境达成的生理构建方面的答案。还有，作为纯净的诗人，他不允许文字脏、窗户脏、自己脏，他要尽一点微薄的力气，让这个世界干净些，再干净些。他要用自己的锤打去修正、擦拭、清洗，他要改变他看到的窗口，或者心灵。这是作为一首诗大的要义达成的核心层面的答案。

二是，一个小小的拳头，竟然要去殴打世界，这世界有多坏？

诗人一定是故意的，把自己的拳头之小与世界之大放在了同一个拳击台上。这是极不对称的一场战斗，是一场必然的正面交手。既然这样，就坐实了诗人心里的世界之坏。这世界究竟有多坏？诗人认为的世界究竟有多坏？诗人知道，却三缄其口，不能说，没有说。

诗人的拳头与世界如此不对称、不协调，他却这般执着地去砸，这也反证了诗人认证的世界之坏。诗人也知道自己的"砸、砸、砸，使劲地砸"，不过是虚张的声势，而诗人把自己的大坏，放在"从来不反抗"的原罪上。

三是，世界这么坏，我竟然不反抗，我有什么苦衷？

一定有，会有很多。一是诗人的手，或者我们的手已经习惯了下垂，这是一个必须的标准动作，是不能忍之忍。二是由于疏于或荒于锻炼，手已经没有太多劲力，不强壮了，不善打，不会打了，没有举起来、挥起来、砸下来的套路和章法了。三是支配手的神经已经失之灵敏，打的信心已经严重缺失，不敢打，不能打了。诸如此类的苦衷罢，不一而足。

后三句是这首诗的诗眼，用反问的方式，强化了诗意，也加速了诗意的到来。我即世界，诗人在深深的自责中，鞭打着自己，也鞭打着世界。（三姑石）

写给儿子刘云帆

/刘年

1
突然想到了身后的事
写几句话给儿子

其实，火葬最干净
只是我们这里没有

不要开追悼会
这里，没有一个人懂得我的一生。

不要请道士
他们唱得实在不好听

放三天吧
我等一个人，很远
三天过后没来，就算了
有的人，永远都是错过

棺材里，不用装那么多衣服
土里，应该感觉不到人间的炎凉了。

2
忘记说碑的事了
弄一个最简单的和尚碑

抬碑的人辛苦
可以多给些工钱

碑上，刻个墓志铭
刻什么呢，我想一想
就刻个痛字吧
这一生，我一直忍着没有说出来

凿的时候
叫石匠师傅轻一点。

3
清明时候
事情不多，就来坐一坐
这里的风不冷

不用烧纸钱
不用挂青
我没有能力保佑你
一切靠自己

说说家事

说说那盆兰花开了没有
最近看了什么书
交了女朋友没有

不要提往事
我没有忘记
你看石碑上的那个字
刻得那么深

不要提国事
我早已料到
你看看，石碑上的那个字
刻得那么深。

（选自微博《微诗刊》2022年2月20日）

评鉴与感悟

  刘年的诗是朴素的，也是尖锐的。他似把随手捡拾的一枚枚沾着灰尘的汉字擦拭、压缩、打磨成一根根细细的银针，虔诚地放在纸上，攥在手里。你靠近时，会感到血液浸润的暖意和眩晕，也会有一种幸福的疼痛钻入你的内心。

  这首诗里有一个平凡、弱小且善良的父亲，清醒孤傲，满怀慈爱，与家国情怀无关，与激昂澎湃无关，有的只是一个弱小的父亲纤细的爱。

  这是一首沉重的诗，瞬间就让我们有了痛感。在这首诗中，作者虚设自己不仅有病，而且已病入膏肓。他急于交代后事，急于把儿子刘云帆叫到床边。对于一个澄澈的人，他真怕自己死得糊涂。

  这首诗，诗人一直在说至真之语。

  通篇没有华丽的大词，没有刻意去谋篇布局，这是此诗的最诱人处。诗人坚定地站在弱者一方。弱者微言，很容易引起共鸣。此诗每一句的起伏跌宕，最后都落到弱者一方。常人常理，弱者心理，何其反叛决绝，何其质朴蚕心，很容易引起共鸣。选择"火葬干净""不要开追悼会""不要请道士""放三天等一个人"……这是一个父亲，一个卑微谨慎惯了、喜欢大漠孤烟的诗人内心流出来，叮嘱儿子的心里话。

这首诗，有一份令人动容的至善情怀。

诗人的善良是隐藏不住的，又何况人之将死。最简单的和尚碑、多给些工钱、轻一点……小悲伤里有大善良，小悲伤也痛彻天地。

这首诗，于真善的纹理中，暗藏机锋。

诗人反复叮嘱儿子的句子把一个人视死如归、视死若轻的智慧跃然纸上。特别是提及往事，诗人鲜明地阐明"我没有忘记"，特别是石碑上的那个字"刻得那么深"。一个"痛"字好像已经刻在诗人的心上、肉里。这里既有诗人的隐忍智慧，又有驾驭语言的智慧，可谓大诗意水道渠成，似有轰鸣灌顶。

刘年说，诗歌是药。那么，我们需要更多的诗人集结，开出更多的偏方与良方，医心也医人，治病也治未病。如此，人间会少些痛。

（三姑石）

大风吹

/ 刘伟雄

刮了一夜　风也寂寞
赶着逮谁聊天的架势
没完没了呼啸着方言

扯着衣袖飘洋过海
探出梦境的头颅跟着跑了
不知是被吹进了红楼还是聊斋

隔壁的中药已经熬了一夜
阴阳在瓦罐里吱吱厮打
破晓时分　野山坡上的花开了几朵

（选自《北京文学》2022年第11期）

评鉴与感悟

诗歌之妙，妙在无理。它不像散文、小说、戏剧遵循一定的语言逻辑，或在事理逻辑中抽丝剥茧；它抽象空灵，任凭万物联缀。

"呼啸着方言"的"风"，"跟着跑了"的"头颅"，"阴阳在瓦罐里吱吱厮打"，暗夜中漫涨的情绪让一切显得焦躁不安，暗夜与隐疾、现实与梦境奔涌而来，那些在阴阳互撕，晨昏互置的时刻，也是人性之果可以呈现的时刻。"破晓时分"，不知是梦安抚了世界，还是天光照亮了人生，又或是，大风吹走了黑暗，送来了黎明和希望——"野山坡上的花开了几朵"。

苦难的煎熬，是庸常的日子必要的修炼，当我们没有找到解决困惑的密钥时，常常与无助、无力和无奈相伴，无法避免的无边寂静，更多时候考验的是那份属于诗歌的良心。

大风吹的夜晚，我们不仅看到了诗人的"煎熬"和"度过"，也看到了自由诗独特的"内在韵律"所呈现的"情绪的自然消长"，以及诗人如花开的那份自然和睿智。（邱灵）

不值一提

/ 瑠歌

许多次经历告诉我
当心中
怀着无法化解的悲伤时
写下的诗
会非常糟糕

尤其是
当你用高高在上的语言
去修饰
那种悲伤
是多么沉静
多么
具有诗意时

在层层伪装下
那个无法抑制地
去渴求他人理解的

可怜巴巴的
自我

就会更
可耻
地
显露出来

所以
今夜
我决定什么也不做
静静地
让这种感觉
留在心里
用一生去融化
不泄露
一滴可耻的悲伤

（选自微信公众号《无限事》2022年3月29日）

评鉴与感悟

如同自语般的剖析自我的语言，一首看似不像诗的短诗，恰恰在"看似不像诗"或者"不值一提"的自我命题中，点石成金般凸显出了一首诗的价值。一首诗，像一面长镜，照见诗人的可贵之处，首先在于对"高高在上的语言"的洞察与警惕，对以一种惯常的诗歌语言去表达悲伤之后的沉静与诗意的警惕，进而直击那个"去渴求他人理解的/可怜巴巴的/自我"。最后诗人以罢工式的"什么也不做"抵抗这种司空见惯的"诗歌庸态"，让读者看见了诗人的真诚、智慧与自省能力。（李木马）

骑车经过料马河

/ 楼河

三月的高原依然寒冷而萧瑟,
我骑车到十公里远的超市购物,
途中经过一个河畔公园。
岸边的樱花和海棠正在开放,
鲜艳的颜色点缀在干枯的树林里,
吸引着零散的失业的游人,
让他们在午后的晴空下显得更加失意。
黑色的臃肿的羽绒服是贫穷的,
人到中年的岁月连丑陋的妻子也无法安慰,
身体里的脂肪静静地燃烧着
枯燥的时光和卑微的零钱。
我停车坐在河边的石凳上,看水流逝。
金鸡菊沿河铺展,洁净而明亮的空气
却在长久的静止中
在我肩上洒落煤尘。整个世界
如果不是充满雾霾就是在下雪,
让莫名的泪滴追着水面上的枯叶漂流,

静静的，静静的

流淌着无法停止的悲伤。

（选自《江南诗》2022年第1期）

评鉴与感悟

  当代性在楼河这首诗中贯穿。诗人以平静的语气在陈述现实生活的局部。"江畔公园"本身就是具有概括日常生活的一个特殊场所。"失业的游人"，"黑色的臃肿的羽绒服是贫穷的"，这些语调看似轻松，压抑的情绪却被诗人更有效地藏于词语之下。"人到中年的岁月连丑陋的妻子也无法安慰"，这些诗句通过目光的偶然捕捉，对当下的一些生存处境隐喻准确。接下来的场景，诗人停车"坐在河边的石凳上"，目光离开人群，朝向自然意识中的"煤尘""空气""金鸡菊""下雪"等意象跳转，一刹那，空间又笼罩了时间，给诗中已经从现实提升出来的精神氛围又增加一层景致衬托出"悲伤"。

  这首诗由于思考深刻而张力无限。当代性，现实感，以及无奈的情绪，使诗人途经这个江畔公园变成了打开他思想中沉默部分的一把钥匙。（冯晏）

山居

/芦苇泉

对于我,烟火气不再重要
在山坡
杂树的精气接通我
从山巅悄悄潜入的小溪
看一眼就解渴
原谅我。先请山河大地宽容
再请亲戚朋友理解
最后请你回过头去,走自己的路
不要流泪。我在山中
闲休。放下了一切
有时在心里撒上几粒草种
有时把脚下的石头搬起
掷向虚空
在我看来,我并不在山中
山中只有云彩。一朵,两朵
静止不动
我又想撒几粒种子

在上头

时间就这样静止下来

心还是少年

山谷的风，吹乱头发

目之所及。原野

不再有你回声

秋天来

树叶落几多

大雪封山

很多个冬天之后

你们来到山中

只好看看风景

（选自微信公众号《在线艺术家》2022年10月9日）

评鉴与感悟

对很多人，尤其是诗人而言，中年以后渴望"进山"者不在少数。一方面是厌倦了市井的喧嚣和生活的纠葛与牵绊，另一方面是随着对自然认知加深之后的身心向往。于是"烟火气不再重要"，期待"在山坡"被"杂树的精气"接通。的确，在山中静下来之后回望人生的来路，"先请山河大地宽容""再请亲戚朋友理解"，于是诗人渴望走上一条属于自己的精神救赎之路。当我们真的能够"放下了一切"，敞开心扉之后，山光水色能悦心，清风明月可入怀。于是这"山中"的四季轮回，会给我们带来抛却了世俗功利之后的精神加持。山居，进入一幅黄宾虹的画里，不仅是诗人，这也是万千读者所向往的境界。（李木马）

草原

/ 路也

只身来到草原，什么也没有带
从空旷到空旷
地平线爱我

弱小的人，在大地上总是失败
抬起头仰起脸来
白云爱我

所有没有去过的地方，都是故乡
草木也需要量体裁衣
风爱我

弄丢了爱情
只剩下独自一人，越来越孤零
大片野花初开，一朵一朵，全都爱我

（选自《诗刊》2022年第1期）

评鉴与感悟

早在约二十年前,我在《诗刊》工作时,就有幸选编过路也的诗。这么多年也一直关注她的创作,感觉路也保持了平静自如、稳定向上的状态,语感轻松幽默,看似信手拈来,又总能在无意间命中靶心。这首短诗,依然是她惯常的小切口进入,似乎在漫不经心的娓娓道来中,在诗意草原上慢慢走向诗意的深处。从爱我的"地平线"到"白云""草木""野花"这些意象中不难看出,诗思是从旷阔的虚无向具体的意象一步步"收"着一路写来,在收窄的过程中向诗意聚焦。这是一首充满爱意的诗,觉察出自然爱我之人,肯定是深爱世界之人。这样的人像一株植物,沐浴在诗意之境的阳光雨露中。路也就是这样一株"诗歌的植物"。(李木马)

梦见一头鹿

/漫尘

是的,它就是从一团雾气中跳出来
或者说,它本身就是一团雾气

像一只大猫蜷伏过来。曲线柔和
那梅花的斑点随着呼吸,浮动

我抚摸它脊背,感受柔滑的绒毛下
肌肉的温度,细微的颤动,很友善

只有脑袋顶,那暗藏的骨质
有被切割的刺啦感,硌疼我指肚

我想象它鹿茸招展的样子,林子里
缠着浅白色雾气,在白桦树丛回眸

……就真的生长出来了,湿漉漉的
散发青春气息,朝着虚空黝亮生长

就这样，它鹿茸招展，眸子闪烁
从我身旁站起来，犹豫而又决绝

朝林子里某个倏然移动的亮光跑去
它准又闯进了另一个人的梦境

（选自《江南诗》2022年第2期）

评鉴与感悟

大多数时候，当一个梦境被说出时，它对现实就具有了某种对应关系。在这首诗作里，"鹿"很容易被隐喻为人，也可以被浓缩为世界的象征，由此在诗歌中所描述的"我"与鹿之间的亲密互动中产生出多种解释：这只鹿是"我"爱的人，所以"我"对它的亲密实际上是种爱意；这只鹿是另一个"我"的化身，由此诗歌强调了最后三节所呈现的"青春气息"，它象征了一种自爱；这只鹿隐喻了这个世界，因而"我"对它的亲近就意味着"我"对世界的美好期望。作者的全部技巧展现为一种对具体性的描述上，"我"与鹿之间的距离非常近，时间十分短暂，使得鹿的生命体征被极具感受性地呈现了出来。当这种生命形态在充满情感的笔触下显现时，世界的至美就会被赋予一种至善的品格。（楼河）

圆

/毛子

圆从苍穹、果实
和乳房上
找到了自己

它也从炮弹坑、伤口
穷人的空碗中
找到了
残损的部分

涟漪在扩大,那是消失在努力
而泪珠说
——请给圆
找一个最软的住所

所有的弧度都已显现
所有的圆,都抱不住

它的阴影……

（选自微信公众号《诗人文摘》2020年12月15日）

评鉴与感悟

圆，是对所有美好的期待，是诗人对一个结局的理想化预设，但是人生就是缺憾的艺术。圆满与缺憾之间的纠结、探寻与确认，或许就是诗人要努力挖掘的诗意。

诗人分别从天空之苍穹、大地之果实、人类之乳房三个宏观维度上，赋予表层所见更宽泛更深邃的想象呈现。这些具象化的圆，是我们的根，是我们的存在之基，是最美好的世界。

但诗人的惯常思维，或成熟经验，一定会将观照的层次渐入事物的内部。"它也从炮弹坑、伤口／穷人的空碗中／找到了／残损的部分"。诗人找准意象在外形之似的基础上，更注意从意义层面来建筑诗意。"残损的部分"便是世间一切的不完美，而"炮弹坑""伤口""空碗"，这些充溢苦难、忧伤、残酷气息的词语，在"圆"的另一种面目下突然有了活的灵魂，无声地述说着圆的一部分缺失，及人与圆的关系。

诗人在沉静地凝视什么，他的目光似乎穿透了世间无数具体实相的圆，看见了虚无中清澈的涟漪。从天地人的宏观注视，到事物内部的灵魂寻找，再到虚无处的恣意搜索，诗人要在在与不在、是与不是之间确认可能的表达。"涟漪在扩大，那是消失在努力"，世间没有永远的圆满，时间、人心和花朵都拗不过消失的力量，消失既是过程，也是最后的结果。这是古希腊辩证法大师赫拉克利"人不能两次踏进同一条河流"的另一角度的佐证。"而泪珠说／——请给圆／找一个最软的住所"，这是诗中的祈祷，也是诗人的祈愿，即所有如意与不如意，最后都能找到一个归宿，都能独有一份心安与释然。

"所有的弧度都已显现／所有的圆，都抱不住／它的阴影……"这是风雨过后，是人声渐息之后，是灯火将逝之后的一种冷静与凝思。所有的圆都不绝对，如同所有的现实都无法真正圆满，在圆的阴影中，有一种疼痛在其间闪现，有一种缺憾从心尖上轻轻掠过。（三姑石）

共享单车

/ 梅培源

有一年。在兰州，黄河岸边
我见过一辆共享单车。陷入泥沙
却还站着。准确地说
它被人停在那里，兀自站着
它一定是停留得太久，就这样
直到河水咆哮，它第一次目睹了
黄河彻夜翻卷，形如巨兽。第一次
在惊骇之余，接受了河水的冰凉

那样的时刻终于过去。就像是
巨兽的利爪无力地滑落，它看见
河水缓缓退却，泥沙成为遗迹，在脚下
缓缓降落沉积。它看见的一切
我不曾目睹。我看见的只不过是
一条平静的疲惫之河，无声地
摇晃着锃亮的水面

还有什么呢？呃

大概就是这样：有一年，我见过

一辆共享单车。陷在河水退却的遗迹中

像低俗笑话里的濒死老头，强撑着

几乎用尽最后一口气，说：

快扶我起来，我还想再试试

(选自《江南诗》2022年第5期)

评鉴与感悟

我曾经和很多诗友讨论过国内的当代诗人，似乎对工业文明下的"剩余物"或者说是"废弃物"缺少足够的关注。我想，其原因有很多种，其主要原因，或许是因为这些"废弃物"由于自身具有极强的"可替代性"，天然在"非凡"上缺乏优势。我们知道，在诗歌里，寻常物是可以"非凡"，惠特曼就写出过"我相信一片草叶不亚于星球的运转"这样的名句。然而，"废弃物"，尤其是"工业废弃物"却很难"非凡"。回到这首诗，如果我们把这首诗的主题替换掉，把"共享单车"换成是"一片枯叶"或者是"一条死鱼"，那么这首诗的效果就减弱了很多。而这首诗的意义就在于此，就是诗人用一种并不算太新颖的手法，为"共享单车"这样的"废弃物"赋予了某种"非凡"的能力。（杜鹏）

转译

/ 蒙晦

初夏夜，我从手机里收听
一段从前录制的雨声。
耳道里响起，好像谁曾说过的话，
遥远，已不再清晰。

　　一阵痉挛的雷声闪过。

没有生命，徒然地发送着信号
以及信号带来的感觉。
看不见风景和人，仿佛被远远地
流放在潮湿的荒野里。

　　啮齿动物消失的足印。

沉浸在无可置疑的叹息中，
我们就这样生活。
在失望的平静中按下了

播放键，电流持续而稳定地通过。

  那曾是一场真正的雨。

雨中曾有人举起伞，
犹如蓝色和红色的电话亭，
究竟在说着什么——我聆听，
我知道一定有人也这样听我。

（选自《江南诗》2022年第2期）

评鉴与感悟

  《转译》制造了一种具有浪漫主义崇高风格的世界景观，进而创造了世界与自我之间的巨大对比，使得生命体验进入了神秘地带，由此也仿佛察觉到了真实世界在象征世界的绽出。诗歌的主题"转译"也许就是这种绽出，但这种绽出是间接的、需要中介，因此诗歌所铺展的诸种神秘景象实际上是一种探索的踪迹。循着这条踪迹，我们能够确信存在一个超越于生活的真实。这首诗有着规整的形式感，每四行诗构成一节之后，紧接着就是一个单句自成的一节。我们可以说，正是这些单句强调了诗的踪迹感，因为将它们抽离出来似乎就可以构成一条逐渐显露的阶梯："一阵痉挛的雷声闪过"，"啮齿动物消失的足印"，"那曾是一场真正的雨"。它们实际上也是闪电，照亮了周围具有场景性的句子。（楼河）

落在我身后很远的那个秋天

/ 孟醒石

玉米秸秆全部倒下去的时候
终于看到了对面的月亮

那是一个落在我身后很远的秋天
我们砍完玉米,沿着
露珠里闪着昆虫眼睛的草径走过
风在田垄里起伏
在草叶多的地方踩不出脚印
走路的声音
被一片下降的叶子盖住

停下来
在一个月亮大小的水涡里洗手
父亲站在我身后,站得那么静
水里只映出他上衣的一角
他等我先洗完

(选自《鹿泉文苑》2022年春季号)

评鉴与感悟

孟醒石这首诗让我一下子想到了希尼的《挖掘》和江非的《平墩湖》。是的,和父亲在田间劳动,是很多农村男孩共有的经历。我家当年也有五亩多地,当年的我也手持镰刀,跟着父亲砍倒一大片一人多高的"玉米森林"。我也清楚地记得,庄稼全部倒下去的时候,一下子旷阔起来的视野天地。当我累得躺在湿润的田埂上,顶天立地的父亲如同一个巨人。我自然也记得,昆虫和草叶离我是那样近。我记得回家路上,我和父亲在抽水机井旁洗手,父亲也是这样站在我的身后。多少年过去了,看到这首诗,泪水一下子模糊了双眼。(李木马)

半个世界的月亮

/ 弥赛亚

半个月亮爬上来了
这是在喀什

因为时差关系
这里的孩子
平白多出了两个小时

就像多出了更广袤的黑夜
更深邃的悲欢

但地球自顾自地转着圈
一天不多不少，仍旧是一天

喀什噶尔的孩子
和所有孩子一样
在时间的荒原上滚铁环

寸铁之心
总是被磁铁般的月亮吸引

（选自《诗歌月刊》2022年第1期）

评鉴与感悟

　　由高原的月亮，想到表盘与时差，由迟缓的落日而似乎多出的两个小时，联想应该对应"地球自顾自地转着圈/一天不多不少，仍旧是一天"。在诗中我们看到，喀什噶尔的孩子像最初来到世界的孩童，"在时间的荒原上滚铁环"。诗写到这里，已经到达了一定高度，但优秀的诗人总是有能力在语言的悬崖上纵身一跃，于是有了"寸铁之心/总是被磁铁般的月亮吸引"这样神奇的句子。（李木马）

第二辑 披沙沥金
在菰草、潜鸭和水云深处

我脚下美丽的毯子正被抽走

/ 戴维娜

天,我脚下美丽的毯子正被抽走——

顾不上了,头顶摇晃的星空
泪盈盈的水晶吊灯,别了!
我扑向一件件家具,它们先于我在这世上摔倒

扶稳了,酩酊的白银漆柜
睡着奶奶钝锈的纺锤:
记忆正失去,分不清它曾纺出黄金编织的屋脊

顶住!铜丝螺钿的大座钟,
请效法爷爷坚持跑步——
时针一圈一圈,从黎明奔到日暮,
荒谬世纪里精准得不容质疑
关在里面的时间已败絮丛生。
写信的老友们一个不等一个挂到墙上

母亲像一件珐琅瓷瓶，华贵而脆弱
从名工坊的花几上坠落，我侥幸兜住——
在掐丝暗纹里第一次，摸到她粗掉的
扼死野心的纤手：
都是为了造出这室中江南！
从小到大，明治时代松鹤屏风挡住了穿堂风
屏中时节流转。今天的风，
从它骨头缝里吹出来

衰老，如小偷钻进檀木窗棂，
偷走了所有好天气。
就连牛骨制的古董钢琴，
在父亲退休后也奏起了暴脾气的雷阵雨
这些年，它一直闲置，安安静静，
在另一处演奏父亲年轻时还没做完的梦……
吹到我耳畔的春风无始终，我真愿用毕生的
枕边蜜语去换取——坐下来，多听上它几秒钟
是的，就窝在这把雕花衬梨绿的旧沙发里，
木扶手上有我养了七年的小狗淘气的爪痕
——我珍爱的伤痕

阳台上的莳花与窗外有异，
不同的爱浇灌出不同的花朵。
多想把青春一股脑赔给昨日世界，却架不住
脚下斑斓的羊毛地毯正被命运抽走——
多少人像我一样，
住在摇摇欲坠的房子里
每一天与衰老殊死搏斗
努力将家一件件抱紧

某刻起，我不再照镜。
鎏金镜框里是一幅狼狈的风景
画中人将灵魂赠予缪斯，
恳求她——将这番倒下的慢动作，
演成一出舒缓的天鹅湖；
缎带扎紧滴血的凳脚
餐桌永不熄灭
给每一位到访的客人斟满琉璃岁月

只有两次，我当真摔倒——在拿破仑三世的烈酒箱里；
救命！法国黑啤喝起来真像在嚼一块发酵的地板

（选自《作品》2022年第6期）

评鉴与感悟

诗人脚下美丽的生命的毯子正在被时间神秘的手悄然抽走。的确，摇晃的星空、泪盈盈的水晶吊灯、酪酊的白银漆柜、奶奶钝锈的纺锤、铜丝螺钿的大座钟、老友们的照片、母亲们的珐琅瓷瓶……都是生命长诗中"华贵而脆弱"的意象。而在岁月的"掐丝暗纹"里，诗人试图描述与触摸生命与时间的本质。于是，诗人看见"衰老，如小偷钻进檀木窗棂"，看见父亲沉默的"古董钢琴"，看到"雕花衬梨绿的旧沙发"木扶手上，小狗淘气的爪痕……诗人以亲情的思想耐心而眷恋地连缀着被心灵目光深情抚摸过的每一个生命意象。的确，生命的项链是以时间碎片与生活细节连缀而成的，而正是那些司空见惯的细节褶皱之中，暗藏着我们生命的山川峡谷和熠熠闪光的钻石。
（李木马）

骊山的马

/第广龙

一支支队伍骑马来去
卷起燃烧的狼烟和风尘
骊山，也保持前倾姿势
似乎在一路狂奔
一些马跑进了天边的火烧云
一些马跑进泉水，水花灼烫
扬起的鬃毛微微发红
跑进石头的马，还没有变成火山灰
跑进树木的马，困在年轮里
一直在等待一场大火
有的马经过烧制，在黑暗里碎裂
即使拼接复原，真身早已不在
水银的马，还没有挣脱长明灯
墓道里的马，潮湿，斑驳，不住打着响鼻
再也无法叫醒主人了
几千年过去了，电影胶片上的马
速度太快难以返回剧情

太慢又错过了春天

只有那个镶嵌在授时中心的表盘里的马头

整点播报的时候

也不为所动，默默咀嚼着时光的草料

（选自《中国作家》2022年10期）

评鉴与感悟

写马的诗歌，数不胜数。这首写马的诗歌，依然写出了意味，不光是选取了骊山这个具有文化符号意义的名山。作者展开的联想也不是凭空的，在连续把各种形态的马予以指认的过程中，作者想要表达的，其实是对时光的兴叹，也是对马在这个变化无常的世界和人的关系，和历史的纠结的感怀。其中提到的胶片上的马，时钟上的马，似乎呼应了作者的情感，还凸显出了现代感。这也是有依据的，在临潼就有一家电影制片厂的资料库，国家授时中心也在临潼设有机构。这样一来，一幅关于马的画卷，就从历史深处，一路铺陈下来，在不确定中，完成了某种既定的昭示。（会平）

一只蚂蚱跳进酒杯里

/戈三同

蒙古包里喝酒，节外生枝
三杯未干，此刻
一只蚂蚱跳入酒杯
溅起一阵惊诧

依我看来
身着铠甲佩大刀
它既非失足，也非贪酒

无非在我手上
争夺这杯口大
被我欲口吞，又还给它的地盘

当年战事地，似有遗风
甚至，在看不见的生灵间
在微观处

（选自《星火》2022年5期）

评鉴与感悟

　　这是一首妙手偶得的轻松之诗。当年战事之地,几位朋友在草原蒙古包喝酒,想不到一只蚂蚁掉入酒杯的"节外生枝",引发了作者的诗意联想,一首精短有味的短诗就此出笼。"依我看来/身着铠甲佩大刀/它既非失足,也非贪酒",语言机智、幽默而准确。在跳跃性的诗思推进中,当我们看到"当年战事地,似有遗风/甚至,在看不见的生灵间/在微观处",会由衷感到,对诗人而言,生活中尘埃一样可以被忽略的小事,都可以衍生出一首诗,进而引发旷古忧思,乃至生命本能中下意识的洞彻与了悟。(李木马)

那晚的红月亮
——献给母亲

/ 莫言

那晚的一轮圆月
刚露出通红的脸
凄凉的秋风里
弥漫着苦涩的炊烟
我脚上生了一个毒疮
高烧不退，谵语胡言
她背我去求医
五里外，小河边
一双小脚，在泥路上蹒跚

我似乎听到爷爷奶奶
在低声交谈，嗨
这孩子大概不中用了
嗨，六岁的孩子不算个人
还有块柳木板
为他做个小棺吧

——爷爷是好木匠
盛名东北乡

我记着医生剖开那疮
脓血溅上她衣衫
我大声哭喊,我记着
她汗流满面
因为无钱打针
开了白色药片
我记着那被淘汰的药之名
医生的大眼镜,我记着
掏出包钱的破手绢时
她的手在抖颤

我记着那晚的红月亮
我记着她的喘息与哭泣
我记着她脊背的汗湿与温暖
我记着秋虫鸣叫,河水呜咽
萤火虫在飞舞,我记着
她临终时的目光
那晚的月光真美
那晚的红月亮

(选自微信公众号《莫言》2022年4月4日)

评鉴与感悟

　　这是一首献给母亲的诗,把母亲比喻成"那晚的红月亮"是如此的准确和生动!这又是一首叙事诗,像散文,又像小说。莫言先生是讲故事的高手,但他的这首诗,摒弃了所有的技巧,我们只听见一个苦涩岁月中的孩子,叙述着扭着小脚的母亲在夜里的泥路上背着他求医的故事,朴素真切,感人至深。多年以后,仍然保持着一颗孩童之心的莫言,还那样真切地记着当时的细节,"爷爷奶奶/在低声交谈",因为焦灼而"汗流满面"的母亲,"医生的大眼镜","喘息与哭泣"的母亲"掏出包钱的破手绢时"抖颤的手,和她"脊背的汗湿与温暖"。而他记得最真切的是"那晚的红月亮"。特别是在"秋虫鸣叫,河水呜咽""萤火虫在飞舞"的环境中,记住了"那晚的月光真美"。而母亲"临终时的目光"与"那晚的红月亮"构成的诗歌张力,更让一首诗的感染力瞬间放大。(李木马)

黄河与白鹭

/ 墨菊

一只白鹭在河心洲踱步
时不时点一下头
像在阅读泥沙，肯定某种沉埋与显现
远处是庄稼，更远处是村庄

白鹭突然飞起来
一个洁白的警句
我不可能知道
它的全部意义
我的黄河，被抚慰过的湍急和咆哮
是它剩下的水域

这青天，依然
是一只白鹭打开高远
这世界依然是栖息的湿地
那么，请告诉我，那令人绝望的是什么

（选自《蓬·诗部落》2022年11月4日）

评鉴与感悟

　　黄河是苍茫而沉重的,白鹭则是轻盈而纯粹的,两种反差意象并置在一起,构成了本诗的核心张力。在万古流淌的黄河面前,白鹭有着充足的自信。它在河心洲踱步,"像是在阅读泥沙",两种对立的事物,似乎正试图沟通。远处的庄稼与村子,呈现出生活朦胧的面目。白鹭阅读泥沙就是在阅读历史与沧桑,阅读命运。或者说白鹭作为诗人的精神象征,正试图与沉冗的生活和解,她需要检视泥沙里埋存的一切。可惜,这种尝试最终失败了,白鹭突然起飞,毫无征兆的断裂,造成错愕。白鹭是一个"洁白的警句",也就意味着不可能与生活融为一体,它始终是警惕的、独立的。而这种与生活对立的意识源于什么,意味着什么,很难说清楚,生命总是遮掩起某些部分。但诗人无法像白鹭那样抛弃生活,纵然她的黄河仅是湍急与咆哮后剩下的水域。退去激情的生命与生活,才会抵达本真,即使是一种冷峻的本真。诗人甚至带着点骄傲来面对内心的痛苦,并肯定"这世界依然是栖息的湿地",可以作为存身之所。白鹭越飞越远,诗人与自己的决裂也愈深,这也许就是绝望的根源。人无法统一生活与自我,也无法抛弃其中之一。黄河流淌,白鹭翩飞,二者之间的拉扯,促成了诗。

(震杏)

漫山岛

/ 娜夜

黄昏时上岛
更寂静了

小桥　流水　柴门　棉花地
押的都是平仄韵

什么都是远的
只有照在身上的阳光是近的

失去听力的老人
除了慈祥
从未奢望过另外的余生

因一朵蒲公英和两只小山羊
而跳跃
旋转
荷叶裙一圈一圈的

小女孩的快乐一直荡漾到天边

旧木窗的灯光　似萤火虫
路过的人
和神
要问候它

（选自《江南诗》2022年第4期）

评鉴与感悟

一首自然朴素的诗，隐藏着一个温暖明亮的灵魂。这首《漫山岛》让我想起了诗人叶芝的名作《茵纳斯弗利岛》。诗人带我们在黄昏时候登岛，进入自然的道场，"小桥　流水　柴门　棉花地/押的都是平仄韵"，一组清新的意象扑面而来。在这里，山林的寂静与平和给予人们极大的护佑和滋养，连"失去听力的老人/除了慈祥/从未奢望过另外的余生"。老人的慈祥、孩子的可爱，动与静的衔接，天与人的融合，一切都被造物主妥善的安排。流水线的时代，我们远离自然，同时也丧失美感。就像阿尔·戈尔先生所描绘的："我们离超级市场更近，而不是麦田，我们对包装面包的五彩塑料纸给予更多的关注，却较少关注麦田表土的流失……"我们已经失去了"小女孩的快乐一直荡漾到天边"。诗人带领我们回到湖山，与自然的对话中消解"身份焦虑"，在内心深处安放一座宁静的家园。"旧木窗的灯光似萤火虫"，小小的温暖栖居在宇宙的中心，"路过的人/和神/要问候它"。普通人的生活也具备了神性。（卢山）

群山之上

/泥巴

那里是天堂,是我们的归宿。
但,现在
我们要先在地上受苦。

低着头拉犁,低着头拉犁。

现在是落日,过一会是星辰。
要圆满了
才能回去。所有的宗教,都教我们

顺应,忍受。仿佛
我们今生受的苦,是那里永恒
流通的货币。

低着头拉犁,低着头拉犁。

一杯奶茶,

要你今生上司的一次训斥来换。
如果你五十岁
还在哭泣，六十岁还从噩梦惊醒，

你将获得鲜花
桌子，和放置它们的带后院的房子。

低着头拉犁，低着头拉犁。

携美人旅行的机票，
要骨折一次。而美人，要你整个一生
怀才不遇。

如果要幸福
这一世你要写过很多诗，痛苦绝望地
看着它们成为废纸。

低着头拉犁，低着头拉犁。

（选自《江南诗》2002年第3期）

评鉴与感悟

闻一多在《诗的格律》中曾阐述过关于新诗的"三美"理论，即"音乐美""绘画美""建筑美"。在当下关于诗歌"现代性"的流行语调下，此"三美"也不乏有美学上的启示意义，比如泥巴这首《群山之上》，就有着有效的诠释。可以说，这是一首上帝视角的诗，描绘了一张受难图，精心设计的结构布局以及遣词造句，"低着头拉犁，低着头拉犁"，通过复调的手法，让整首诗在形式和结构上，有一种音乐性和建筑美。从意义上，"低着头拉犁"，隐去了主体，保留了更大的隐喻和想象空间，这个主体可以是像牛一样的动物，可以是像动物一样被异化的人类，或者是什么都不指向。此外，"低着头拉犁"，对应的每一个小节，又以一种情感或意义的变化，不断强化这种"受难史"，让整首诗充满节奏和意义的张力。（林宗龙）

一念微尘

/牛梦牛

早晨
在公交站牌下等车的时候
双眼突然涌出泪水。那一刻
清风温柔,尘埃不起
我心中并无悲伤或欢喜之情
为什么会流泪呢?这让我诧异
哎,这个问题思考不得
一思考,我心中便有一念微尘
连累两滴水,无端地
生出悲喜。两滴露水从我脸庞上滑过
在这无名的清晨

(原载《山西文学》2022年第8期)

评鉴与感悟

读这首诗，让我想到了艾青的诗句：为什么我的眼里常含泪水？因为我对这土地爱得深沉……

何其相似！牛梦牛以这首诗，选定或虚设一个早晨，向艾青致敬！

是啊，总有那样的时刻，我们会无端地流出泪水。牛梦牛也一样，"早晨／在公交站牌下等车的时候／双眼突然涌出泪水"。

这泪水，使诗人与那些同样在站牌下等车的人有异，他似是一个孤独的存在，一个试图用泪水擦亮站牌，擦亮眼睛和早晨的人。

这突然而至的泪水，诗人也纳罕："那一刻／清风温柔，尘埃不起／我心中并无悲伤或欢喜之情"。可这泪水，在一天开始的早晨，说来就来了。"为什么会流泪呢？这让我诧异"，诗人在不断地问自己，在攥紧拳头，砸着头颅。

"哎，这个问题思考不得／一思考，我心中便有一念微尘"，而这"微尘"又必然地"连累两滴水，无端地／生出悲喜。"

诗人一定是一个感性的人，一个人人可见的真人。这应该是他写出这首诗歌的心灵密码。如果不是这样，怕是写不出一首通透的诗，一首动人的诗。诗人或者作家在创作的一刻，一定得回归到人本的纯美与善良，坚定地与灵魂一起进行一呼一吸，否则人间便无好诗好文。

诗是时代的诗，艾青的文字抒写的是心中的悲愤、疼痛和呐喊，有重轭下的无奈、彷徨与血泪。而牛梦牛内心无以缓释的是于世界、于生活的感动、不安和憧憬，那是在新的一天开始时，浓缩在纸上的一份雄心和自省。

牛梦牛这是忍着疼痛，以泪水重复着"早安"，说给自己，也说给世界。（三姑石）

盐碱地

/潘洗尘

在北方　松嫩平原的腹部
大片大片的盐碱地
千百年来没生长过一季庄稼
连成片的艾草也没有
春天过后　一望无际的盐碱地
与生命有关的
只有散落的野花
和零星的羊只

但与那些肥田沃土相比
我更爱这平原里的荒漠
它们亘古不变　默默地生死
就像祖国　多余的部分

（选自微信公众号《猛犸象诗刊》2022年6月10日）

此诗有四境。

一是生存之境。作者收紧目光，望向这里。"在北方　松嫩平原的腹部／大片大片的盐碱地。"诗人似乎一下子就停在故乡的风里，站在童年的阳光里，开始不知疲倦地追逐蝴蝶、百合和鹰隼。他还是那个少年，正在跑向现在的自己的路上。诗人或已泪湿双眼，他和我们一样喜欢年轻的自己，喜欢懵懂，喜欢奔跑，喜欢艾草叶的淡淡苦味。

二是苦难之境。作者打开记忆，回味这里。"千百年来没生长过一季庄稼／连成片的艾草也没有。"简单的叙述，呈现的是诗人苦涩的咀嚼。而这回忆式的咀嚼，是诗人沉浸其中的自我净化。这种貌似入定的状态，从他的诗里一次次跑到诗外了。

三是希望之境。作者踌躇满志，相信这里。"春天过后　一望无际的盐碱地／与生命有关的／只有散落的野花／和零星的羊只。"那散落的野花和零星的羊只是诗人在一张荒芜的纸上点燃的希望，又恰似彩云与星星，升起在诗人想象的天空。诗人一次次从绚丽的花开中发现散落的美好，从蜂拥的羊群里读出零星的暖意。北方的盐碱地是诗人脚下的土地，也是他奔跑的道路。

四是灵魂之境。作者须臾未离，皈依这里。"但与那些肥田沃土相比／我更爱这平原里的荒漠／它们亘古不变　默默地生死。"表面似趋从一种命运，低头于不可抗拒的力量。然而，诗人要表达和强调的乃是一种灵魂归属，和读者一起确认命运，确认身份，也确认一种近乎深爱的一种骄傲或自豪的情绪。

不是读者发现了生命，而是诗人发现了自己。

"就像祖国　多余的部分"，诗中的盐碱地在诗人的自喻或自况中，有了别样深长的意味。这片与他血脉相连的盐碱地，即使是无用的，乃至多余的，也是他心里的圣地。就像被生活不断捶击的他与他们，即使卑微弱小如蝼蚁，在命运的河流中不断沉浮也永远不会放弃挣扎一样，在悄无声息的拼命生存中，有着令人敬佩的亘古不变的顽强与坚韧。（三姑石）

夏天

/庞培

树林起风
天多么凉快
夏天正沿着小巷飘走
此刻正是上午
蝉鸣声有一点,但很远
很远的地方似乎有围墙挡着
围墙底下是小辰光
是我遥远的花园一般模糊的童年
童年已像被拆的老屋般蝉蜕净尽
徒留废墟上的闪亮门窗
一扇露出铰链的门窗
一条已流尽最后一滴水的河流
夏天只留下了聆听
县城只留下了徒劳而无望的弄堂
行人肩头只留下了风雨
我闻着树上有一点夏天被风吹走的
阴凉

平原起伏不定
无论如何，起风的树林多么像
一个人在风中飘扬的头发
人静静地站立
街道静静消逝

（选自《诗刊》2022年第1期）

评鉴与感悟

喜欢庞培这样不分节的短诗。作为诗人，庞培一直保持着这种冷静。我从未在他的诗中看到过热烈与张扬。他的诗中，总有让你在回忆中感觉到熟悉的画面感，具体说是一种"城南旧事"般的油画意境。童年记忆中挥之不去的情感底色是人人共有的，这些诗意的场景与画面令人着迷，愿意流连其中。夏天、小巷、蝉声、废墟、弄堂、树，从这些背景的意象中，镜头扫描到"起风的树林"像"一个人在风中飘扬的头发"，最后聚焦到静静站立的人，直到"街道静静消逝"。在一部微电影的镜头切换中，我们看到了似曾相识的诗意画面，进而触摸到与己有关的情感蒙太奇。记忆的风和回忆的风，都有一种令人怅然而惬意的"凉快"之感，这种"阴凉"正是诗人特有的"艺术体温"。（李木马）

同行者的人生密码

/彭鸣

同在那辆绿皮车上
从北京出发途经奈曼抵达通辽

这辆绿色的老火车
吹着古老的汽笛
走在沙漠　怪柳和奈曼府边缘
它老得平淡　包容
包括给这三个烟民留一角
吞云吐雾　吹牛皮的空间

烟民们在"吸烟有害健康"的哲语中
在老司机备好的烟缸边
抽烟　侃大山　谈论奈曼的大美
他们把自己刻在版画里
包括手中的烟卷
成为他们爱好中的荣誉表情
他们因烟火瞬间建立起的友谊

有点钢铁长城凝在一起的味道
……

那些独立的小呼吸空间
是老绿皮火车留给他们的
车抵奈曼或心中的远方
还有哪些脉脉的细节
等待同行者去感受　体味呢

这看起来细微的小事件
却是人类文明高地的大课题
一些美好会开花
就在一次让座　搀扶　问路　温暖的笑靥中
被感动得泪水涟涟
……

（选自彭鸣：《三张机》，北岳文艺出版社2022年版）

评鉴与感悟

很多人都有乘坐绿皮火车的经历与故事，而同行者的身心之中的确有着关于远方的"同行密码"。诗人下意识地抓住了这根诗的"导火线"。车厢连接处的画面中，三个吸烟的男子，可能是同行者，也可能是通过一根香烟联系起感情的陌生旅客。他们没有想到，自己被"刻在版画里"，更没有觉察到，"他们因烟火瞬间建立起的友谊/有点钢铁长城凝在一起的味道"。的确，人生的旅途中，有些"看起来细微的小事件"会温暖地存留在我们的记忆中，那"一次让座　搀扶　问路 温暖的笑靥"，真的可能会感动一生。（李木马）

永恒

/ 邵镇炜

你从这棵树走到那棵树
宇宙燃烧　然后寂静
云层下一盏灯亮
就像几亿光年外的星系毁灭
一样渺小
也许灯下是我突然想起你
也许某个星球上是古老文明消亡
总有一天　我们也会成为漫长本身
像相片里褪色的玫瑰
像一颗恒星的一次眨眼

灯后来就灭了
我们最后都会被分解
变成分子、原子
我和你　不被创生　不被湮灭
总有一阵风过　我们相遇

就像散开的尘埃总有一天
重新汇聚

(选自《江南诗》2002年第3期)

评鉴与感悟

有一张关于地球的著名摄影作品,那是从遥远的太空拍下的银河系,地球在这张照片上,只是一个小小的微弱的点,被称为"暗淡蓝点"。著名天文学家卡尔·萨根对应写过一段话:"看看那个光点,是的,那就是我们的家园,我们的一切。你所爱的每一个人,你认识的每一个人,你听说过的每一个人,曾经有过的每一个人,都在它上面度过他们的一生。"这是阅读邵镇炜的《永恒》时,第一时间自然联系到的。在这首诗的背面,有着恢宏而热切的宇宙观,人类之所以去思索去探求某种"永恒",是因为物质或精神的"短暂",就像死亡本身,让活着或存在变得有价值而饱满,而某种意义上,死亡或消失也只是相对的,只是物质另换了一种形式存在。而看似无用的诗歌,却能指向一种强劲的生命力量,如同遨游在宇宙之间的量子或暗物质。
(林宗龙)

自然课

/ 哨兵

1
我父亲，七十八岁。中学校长退休
网购我的诗集，读两页就在行间
朱批：简直在糟蹋汉语。这是象征
我儿子，理工博士在读，见我又央求
帮忙把手稿敲进电脑，昨天
送我最新款ipad，恳请我
嗨哥们儿，别太在意传统，世界
由现代技术支撑，不是诗
这也是象征。而我写作
从未满足这两代人，我仅取悦
自己，并给未来立下遗嘱

2
我以诗探寻洪湖，并在泥水里
插栽语词，如植莲
种藕。暮春。凌晨一点

步入夜间荷塘边

最深的寂静，虫鸣

模仿人世的喧嚣，却把寂静

加重一分。要是天亮

你会惊诧几朵荷挂不住朝露

却早早地开了，如奇迹

其实大可不必。我在水边

半辈子，也没悟透

莲的一生，不懂寂静

如何让空气和虚无熟成莲花。世界

未知，小荷却露尖尖角，现实

早已破湖而出

3

待在孤岛真好。晚上不下雨

滩再浅，也能揽月藏星。抬眼打量

世界，洪湖在黑暗中早已重建

星空。总有归人踩着双脚船在星际间

漫游，无须半个时辰就能穿越银河

浩瀚和未知，却不过是日常尔尔

而白天一只鸭子被黄鼠狼咬断单腿

獐鸡躲在屋后芦苇，却彻夜啼鸣

如悲，似泣，又像安慰。至天微亮

我都捧着那两道伤口，它小小的眼中

满是镇定，却带着疑问。好奇

我生在湖中，为什么不长羽毛和翅翼

4

又一晚，月亮

漂在湖上，却照看屋后的稻田

荷塘和变暗的世界。夏夜的渔村
睡在莲花丛，却无人入梦
黎明前一直都这样，隔壁的牛
啃着我家门前的夜草，总忍不住
偷食秧苗。谁在今天糟蹋
现实，就有谁在明天失去将来

5
与雾相伴，这些日子，我倍感虚无
虚无最深时，我乐于
和洪湖入江口
探讨雾。但没有语词
可以打断流水，流水不是喧嚣
就是寂静。所以在人类里
我沉默，仿佛写诗
犯有原罪，值得我耗尽一场雾
宽恕诗。雾浓时
会有孤舟拴上岸，那是母亲
赶在天黑前送来一罐藕汤。与雾相伴
虚无是我的来历和粮食

6
我了解世界的焦虑，在鸭子
青鲫和水獭与芦苇中，我了解
我终生浪迹其间的奢望，这种
祈求，已在心头淤积
成另一座洪湖。我了解鱼禽
和动植物的方言，在人类的对立面
如何叙说人。而湖水从西向东
兀自寻找长江和大海，却把夕阳

送出东半球。天黑前，扁嘴鸭
聚在芦苇丛嘀嘀咕咕，散布流言
当晚餐。此地矛盾重重
又言不由衷

7

今天雾大，看不见洪湖
也看不清楚自己。但我发誓这就是世界
雾整日不散。此地，不宜养老
作归属，只适合当过客
听鸟，闻世外动静
并忏悔。昨晚又忘了祝福那一行离雁
旅途顺利。此刻，出自同样困境。现实
如雾，早已在湖面泼洒丹青。但山水
易容，须重新认知。岸边
楼群隐没，似远山
又如怪物。视线之外
我已无力表达，语言尽头才是诗

8

今日春光明媚。湖
莲
白云
风，还有檐下燕子
衔泥筑巢的呢喃。命运
美
漫游
归宿，此地是清水堡
湖中孤岛。此地以绿作基调
描绘乡村音乐会的底色，鸟鸣

是主唱。而门外
一艘高速雅马哈汽艇
一路轰鸣,从天外飞来
又飞出天外。如在民谣里
强塞重金属打击乐。此地啊
一直在再造自我
并在自然里添加新元素
站在洪湖的立场
风打湖面
与雅马哈掀起的狂澜
都能让莲妖娆
战栗。今日春光明媚
我已理解那艘汽艇,如理解
风。所有高速的事物都是风的变种
自然的传承

9

起风了,天边卷起巨浪
一个中国诗人远在北宋年间
就已命名千堆雪。而我二十一世纪
在船上,只能再次命名为
白胡子浪。老天哪
浪已老,可我年过半百
却还假扮年轻,凌驾风浪和
自然之上。浪涌接天时,红脚鹬
歇上浪尖,在捡小鳊鱼和晚餐
紫鹭鸶潜入湖底,失掉自我
才能换来奇迹。在洪湖。世界
早已暗中安排好一切,连我
苟活半生,也一直在寻找白鳍豚

中华鲟，和消失的水妖

10
候鸟大，留鸟小。但天鹅
只栖身湖面，从不挤占蒿草林
欺负秧鸡。现在它们却亮开嗓子
与一群家鹅，为何处是故乡
吵进天黑。有一对情侣
扑闪翅膀，在变暗的水面
抻开稿纸，供我修改白天写坏的诗
工作室忍着第一场雪，等候融冰
和世界的溃败。站在围堰上
我注意到一只幼獾与一头野猪崽
在雪地里嬉戏至掌灯。我的狗
一直趴在门后，因孤独
寒冷，已暗生嫉妒。洪湖
总是这样荒谬。连我耗费这个冬
也没能疏通入江口，把大海引进来

11
偶尔神汉会拜访我的工作室
穿戴庄严坐在门前
几位文学爱好者论诗的石凳子上
他从不预约。他来不来
死亡也是洪湖的节日。所以这几天
一片欢腾。我家的老母鸡
藏身屋后芦荡，刚孵出三只野鸭
就化身伟大的母亲，犹如神助
而我觉得那个男人喜欢坐在那里
无非是湖神现身，已爱上那个女诗人

和美，并笃信我写诗
遇见过神

12
此刻我躺在岸边阳光下
透过黄丝草端详那一只白鹳
为大自然操心。这种珍禽
几近绝迹，叫声凄厉
痴情，已求偶不得。但鸟鸣
是一只鸟说不出的苦，不因爱
也不为回应听众。就像我
早已是深渊，装着另一座洪湖
从没把这片方圆百里的水域
安在心里。所以没有谁比我对辽阔
浩渺和上善若水更执迷不悟。但此刻
风平浪静，没有谁在乎
这种坚守，更没有谁
在岸边阳光下看见，我的两肋
早已长出黄丝草，变作白鹳
绝世的同伙，不再做人

13
电信发射塔尖上蹲着一只
青头鸭，不避世
也不入世，看雪落洪湖
五十三万公顷的宁静，却在岸边
把这一尊铁塔，堆砌成
隐士的归宿。但洪湖是面镜子
气象再坏，也能泄漏
天机，出卖

那只青头鸭,在犬吠
和猫头鹰的呼号间
无言以对。雪下了一整晚
发射塔尖的工作指示灯
彻夜闪烁。站在洪湖的立场
望去,那只鸟儿
蹲在塔尖半梦半醒
就是站在自然的最高处
倾听人类的悲欣。雪停后
青头鸭身披冰挂,背负
双重伤悲。一重属于鸟类
另一重,属人

14

那只鹅趁着月色
又溜出小港村养殖场
蹲在柴林外边,曲项向洪湖
却不歌唱。是月亮
震撼了那只鹅。在水中月
和明月的双重辉照下
在大自然的双重美学里
哑口无言。但当夜风
揉皱湖面,月亮
玉碎,消逝,那只鹅
就会头埋翼下,心怀
愧疚。在洪湖
那只鹅,总觉得自己是
多余的物种,惊扰了
这个世界,所以那只鹅趁着月色
又溜出小港村养殖场,出走

群体生活。至天微明
蹲在柴林外边,曲项向洪湖
那只鹅,比夜风更有耐心

15
写一行,死一回。再写
才会重生。诗
总是这样折磨我,站在
自然那一边,在菰草
潜鸭和水云深处
在我的对立面,野生
语词。我却在人这一边寻找
句子和声音,与诗
远隔一阵鸟鸣,从没接近
更无力抵达。多年来我已认识
每只鸟儿。我一直等着那只关雎

(选自《诗选刊》2022年第6期)

评鉴与感悟

无论怎样用力去写,哨兵可能仍然无法穷尽对隐秘洪湖的发现,仅仅依靠语言,他只能也只是完成作为个体的审美,而要在公共层面切入洪湖书写,考验的还是一个诗人的视野、担当、趣味与耐心。"鸟鸣/是一只鸟说不出的苦,不因爱/也不为回应听众。就像我/早已是深渊,装着另一座洪湖/从没把这片方圆百里的水域/安在心里。所以没有谁比我对辽阔/浩渺和上善若水更执迷不悟。"哨兵诗歌中的语言气脉已经决定了他在抒情上的硬朗与悲壮风格,那种全情投入的痛感,强化的是人生入诗的力量;他念兹在兹的自然,只能在"风景的发现"中被诗人的内心所重塑,它表征的却是一种忏悔精神。洪湖的

"现代化之路"好像不可逆转，不管诗人能否接受这样的现实，故乡正逐渐被强大的"现代"所更新，他笔下的摩天大楼、雅马哈高速汽艇、现代化工味道等，都可能意味着自然生态的陷落。但洪湖具有的传统力量并未完全丧失，哨兵诗歌中的那些天地人鸟兽都是传统的一部分，而洪湖作为一种精神装置，不是在考验诗人书写自然的有效性，而是引领他如何召唤自然，并找到通往自然内部的路径。就像他选择站在自然这边，也就预示着诗人在诗的维度上体现出了介入现实的当下感与危机意识，这正是我们目前诗歌写作中所匮乏的品格和质地。（刘波）

在山中

/沈浩波

车上的五个人
都陷入了沉默
谁都不知道他会
将车开到哪里
什么时候停下
刚才我们
已经有过争论
三点的时候就有人说
我们可能走错了
但他淡定地说
放心吧，没错
四点时吵得更加激烈
但他的双手
坚定地握着方向盘
令我们的争吵
变得毫无意义
现在已经五点了

天色向晚

浓密的树荫

令盘旋的山路

变得更加昏暗

我们四个都已经知道

他开错了

我们也知道

他知道自己开错了

并且他肯定也知道

我们知道他开错了

没有人再说话

车上一片安静

汽车如同无人驾驶般

继续前行

(选自微信公众号《口语诗》2022年1月17日)

评鉴与感悟

这是一首提醒"我们可能走错了"的诗。的确,我们可能走错了,进而,由于错得不能更改,诗的意义也便自己凸显出来。开车走错路,是很多人经历过的,驾车人不愿意承认走错了路,也是很多人都经历过的。但很少有人认为,这也能写出一首诗。这便是诗人的视角和一首诗的意义所在。当我们集体性地麻木于自身的错误,当我们听凭于错误的汽车"无人驾驶般"在"更加昏暗"的"盘旋的山路"上滑行,特别是"没有人再说话"时,一种通向灾难的不祥预兆,像"坚定地握着方向盘"的手,紧紧地攥住我们的心。(李木马)

在浮图峪听到白鲟之死

/ 石英杰

白鲟野外灭绝了，长江还活着
我在拒马河听到这个消息
它们的死配得上这个时代吗？
我的泪水夺眶而出——
为绝路落，为生路落？
我落在河里的泪水
遇上的是谁的泪水？
今天的泪水
明天会遇上谁的泪水？
这些获得生路的泪水
像珠链断线，重演着绝路
是不是你们只能看见河，看不见活在里面的泪水？

（选自《诗刊》2022年第11期）

评鉴与感悟

"它们的死配得上这个时代吗?"颠倒的反问需要倾听者还有敢倾听的能力和不敢倾听的羞耻。诗人不说这个时代的持续配不上白鲟付出的代价。他说禁不起折腾的白鲟配不上能折腾的时代。他这是指着白鲟不再繁衍的骨头说,指着被灭绝者带不走的绝望说。他牙齿的冰冷想限制诗歌的锋利,说反话的嘴唇想躲开失控的颤抖。如果激愤不曾临界,对包括自身在内的疯狂还未痛绝,诗人不会这样残忍。如果没有这寒光凛冽的一句,下面那些关于泪水的联想、一系列的巧思、止不住的缠绵,会顿显浮飘和滑腻。换一种说法,一道凛冽的寒光,让一条江赖以活着的泪水,涓滴之间活成了冲决眼眶的浪花和盛满河床的奔涌。进而让人期待,弥漫全诗的忧伤,转化为抬头望远的力气。(韦锦)

暂寄

/ 树才

此地暂寄，告一段落了
担当①已卸下重担，我仍然
必须把一条心路走到底
沿途客栈，偶尔可以一歇

可不要被路边的花草迷住
每一条道路都像一条蛇
尘土偷吃了脚印，没有人
相信一棵树正含泪飞奔

父母给了我路过人世的
机会。风景只是一种挽留
苍山一别再无别的苍山
从此千山万水就只是路过

（选自《江南诗》2022年第5期）

---

①担当（1593—1673），俗名唐泰，后出家为僧。诗画皆佳，尤精书法。在圆寂地大理感通寺，尚存他的书法"暂寄"二字。

评鉴与感悟

读到这首诗,感觉这"暂寄"二字就像一枚石子,在"千山万水"中,打了个水漂。而那些路旁景色的挽留,就像是水波对石子的挽留一样,虽留下波纹,但是依然无法阻止石子继续向前,并沉入这"千山万水"中的命运。树才前些年大部分时间都生活在大理,也是僧人担当的圆寂之地。显然,诗人对大理是有眷恋之情的,不然"尘土"也不会"偷吃了脚印","树"也不会"含泪飞奔"。在这首诗里,这些一草一木,哪怕是一粒尘土,似乎都已成了诗人最熟悉的朋友和亲人。尽管如此,对于诗人而言,大理这座城市依然只是"客栈"而已,虽然"偶尔可以一歇",但是却依然要埋头前行。(杜鹏)

玻璃人

/ 宋心海

这个世界什么都昂贵
我不敢随便伸手

有一次在头等舱休息室
抓紧酸奶的手
突然被一道阴影拂过
闪电般缩了回去
——我怀疑
那盒子是金子银子做的

我的还没褪去茧子的手，出着汗，紧张地
在我的身体上
从一处挪到另一处
不知道放在哪儿好
甚至开始痉挛、僵硬
仿佛是玻璃做的
一不小心就会炸裂

我陷在沙发里不敢动
眼睛仿佛也成了玻璃做的
就要炸裂

我感到悲伤，悲伤也成了玻璃的
呼出的气也成了玻璃的
我感到窒息
身体仿佛也成了玻璃的，就要炸裂

（选自《川江诗刊》2022年2月）

评鉴与感悟

这首诗，写出了人的脆弱与隐忍，肉体脆弱如同玻璃，隐忍如同"一道阴影"。一首诗，如果能告诉人们一种特别的感受便是成功的；一首诗，如果能进而告诉人们一个道理，则更能令人信服。《玻璃人》做到了这一点。普通人进入了"高级的场域"之后的不适应、不舒服乃至愈演愈烈的痛苦，大家都有过的感觉与感受被诗人写出来了，诗人写出了宿命的脆弱感，写出了"玻璃人"的真实感与撕裂般的痛苦感，并让读者从"玻璃"的自身去反思命运的处境。（李木马）

大雪

/苏和

得雪盲症初期
雪的颜色是青蓝色

哈桑整日挖雪
给饥饿的羊群挖出一块空地
露出地表的荒草
可怜的荒草刚要直腰喘口气
就被无数张羊嘴捋个净光

只有黑夜
是哈桑的墨镜
星星如一枚枚银针
在哈桑眼睛里扎过来扎过去

哈桑实在找不出
赞美雪的方式

(选自《草原》2022年第6期)

评鉴与感悟

雪，是再常见不过的题材之一，如何写出自己眼中和心中的一场雪，像一张无边的白纸铺展，等待着诗人填写答卷。的确，诗人写出了不一样的、能让读者记住的一场雪。一开始，能让人"得雪盲症"的"青蓝色"的雪，一定是高原的雪，不露声色的暗示，一开场就奠定了诗的海拔。接着，诗人的视角从天空返回大地，叙述了对牧民哈桑而言再具体不过的一场雪。对整日挖雪的哈桑而言，雪并不是美丽可爱的，甚至是他憎恨和诅咒的。饥饿的羊群多么需要一块空地，多么需要"露出地表的荒草"，而"可怜的荒草刚要直腰喘口气/就被无数张羊嘴捋个净光"。诗在悖论中推展前进，然后在高级的语境中悄然转换："只有黑夜/是哈桑的墨镜"，通过黑夜看清一场雪，诗的哲思悄然出现。"星星如一枚枚银针/在哈桑眼睛里扎过来扎过去"，顺延式语境转换让我们发现，语言在高级中增加了残酷性——一场雪，铺陈与揭示的乃是具有普遍意义的生命悲苦。此刻，一种悲悯与感动会在读者心中升起。（李木马）

马群消失

/苏小青

青青的玉米地和远远的工厂
高架桥上运送马匹的火车
朝着相反的方向
姐姐和天空的云一样
是幻觉又是音乐
于是我想
一直这样走啊走
直到看到另一个我
不再去爱和恨的我,身上
着着火,回到故乡
祈求宽恕,又像
一本书丢在丰收的庄稼地里
被农民无辜地
烧成灰烬的模样
再见,马群
再见,黄昏和我

(选自《山花》2022年第5期)

评鉴与感悟

这是一首命运之诗,诗人通过被运走的马群看见了自身的命运。"青青的玉米地"和"远远的工厂"、云一样的姐姐,真实的场景,又像是幻觉和音乐。走在命运的轨道上,泯消了爱恨情仇,回到心灵的故乡,像"一本书丢在丰收的庄稼地里/被农民无辜地/烧成灰烬的模样"。在洞彻了命运之途的回归中,与命运的马群再见,与"黄昏和我"再见。踏上悲而不伤的思想之旅,一首诗,也会悄然抵达自身的命运。(李木马)

渴望母亲

/苏笑嫣

"这串手链上的珠子
像是攒紧的小葡萄。"
你说这话时,我正把咖啡豆一粒粒
放进透明的玻璃罐子里。而你的声音
掠过矮缸水面上漂浮的白色睡莲
它们在午后的空气里,比鸟雀的羽毛
更加轻盈。这就是我们渴望的
普通的阳光,简单的安宁
寂静在空气里层层叠加
直到你推开窗,一朵黄蝉花被撞落在地。

我想起你站在路边等待的样子
穿着白色连衣裙,歪梳着谷状辫
就在十几分钟前,那另一个你。
妈妈,时间有着缩减的弧线
使我们时远时近。
是不是总是这样?我们在一起,却又在分离。

看光斑如何在海面上鱼饵般晃动
浪潮的咏叹调里，我凝视着你。
妈妈，这天空明净如碗盏令我担心——
但愿你体内不再有凝固的盐粒
更不要取出蓝色的泪滴。

（选自《诗刊》2022年第6期）

评鉴与感悟

记得是多年以前，我在《诗刊》工作时，就曾把自然来稿中发现的中学生苏笑嫣的诗，推荐编发到"校园诗星"栏目。后来苏笑嫣成长、成名，也让我歪打正着地获得了些许成就感。苏笑嫣的母亲娜仁琪琪格是我二十多年前鲁迅文学院的同学，她们也是被诗界传为佳话的到目前唯一参加过《诗刊》"青春诗会"的母女俩。所以，评点苏笑嫣这首写母亲的诗，我能够在亲切感中体会到那种属于文学的美好。有句俗话，"母女如闺蜜"，这句话用在苏笑嫣和她妈妈身上的确挺合适的。她记得母亲当年优雅的样子，也知道"时间有着缩减的弧线"，在"普通的阳光，简单的安宁"中，一朵落花，以及想象中"浪潮的咏叹调"，都可以被请入诗中，成为"手链上的珠子"。(李木马)

光明的事物

/邰筐

一个因白内障失明十年的牧民
突然得到了光明,他干的第一件事
就是趴在草原上
一棵一棵地去数草
一只一只地去数羊
一头一头地去数牛
到了晚上,他又
一颗一颗地去数星星
他说有些东西揣在心里太久了
事物各有其所,要把它们
一一送回原来的地方

(选自《诗刊》2022年第17期)

对美好之物突然失去视力,并不意味着这些美好之物的熄灭——作为测试生命亮度的外在要素(或意象),它们只是坠入"词的黑暗",并被封存于心。时间一久,即转换为"休眠的隐喻"。

因牧民的目盲,草、羊、牛,这些光明的事物,因为不被看见而造成某种位置或者意义的缺失。草原还在,而草原作为唤醒生命愉悦的实体却走向了抽象。与此相关联,因为草原的抽象,草、羊、牛也随之失去感官层面的美学指涉。目盲后,晚上的星星还是晚上的星星,但目盲后这些晚上的星星,显然已从牧民的感官世界里退隐,以迁移的方式,成为"休眠的隐喻",被时间保存,被意识珍藏。美好之物,从眼中滑入心中。当光明突降,"隐喻醒来","词的黑暗"重新找回事物本身的真实与光明。看见——看不见——重新看见,可解读为:现实之物——修辞——诗之物。

一个牧民趴在草原上,"一棵一棵地去数草/一只一只地去数羊/一头一头地去数牛/到了晚上,他又/一颗一颗地去数星星",这是散文;而"失明十年的牧民/突然得到了光明,"他数草,数羊,数牛,数星星,这才是诗。高明的诗人善于为可以"看见"的现实事物,精心设置一个"目盲"的修辞并将之转化为"休眠的隐喻",然后,带领读者,"重新看见"。

"事物各有其所,要把它们/一一送回原来的地方"。被修辞术催眠过、又突然苏醒的"隐喻",虽然重回原处,但其"意义"已非"原意义",多出来的那部分意义,也就是"诗之所以为诗"的珍贵价值。为万物催眠,唤醒,送回并照亮,这是诗人的重要作用之一。邰筐的高明在于,既有让"物"短暂失明的方法策略,又掌握着让"词"复明的密钥。(徐俊国)

月亮

/孙晓军

1

像穿过一丛树林,
我们穿过一栋楼的影子。
儿子挣脱我,小小的手指着天上。
他说:月亮。

他要我举,让我站到最高的台阶上。
小小的手指一直伸着。
在高过头顶的半空,不断对我说:月亮月亮!

好多年没看过月亮了。埋头的生活里
不知月亮。

儿子不知我已有好多年不看月亮。
儿子不知我认不认识月亮。

是的,我跟着儿子读了很多遍。
世界仿佛小了许多。
一根手指点到它的眉心。

2

儿子的小手举着。在我怀里,

儿子的小手努力举着。
像去够一个门铃。

这样一个门铃：
安装在天上。

它有银白色的凸起。
藏满乐音，寂静。

他的小手
引发叮咚的响声。

(选自《诗选刊》2022年第2期)

评鉴与感悟

生活值得赞美时就赞美。这简单的道理不是谁都有幸明白并乐于遵从。敏感和敏锐使晓军在这样的幸运中不致迟到或缺席。他通过细细端详进行的赞美，不是互为镜像，乃是互致枢机，交相触发，进而使自己置身的生活在这赞美中不断提升，次第生成新的明丽和灿烂。或者如唐晓渡语："诗与人类文明和人自身同构，也可以说互为母体。"

正是基于这样的信念，孙晓军的写作在对生存环境、精神处境的反观和透视中拥有了深度和广度。即使那些易陷流俗、易于滥情或拔高的亲情诗作，在他这里也找到了适宜的尺度和台阶。戏剧性因素从中发挥了必要作用，为他呈现内心情愫提供了有效的客观对应。在《月亮》一诗中，父子之间的彼此照亮刻画得"微"妙"微"肖，新颖传神。说月亮是一个门铃安装在天上，这是独创。处理这类被古今诗人无数次吟咏的题材，在难以出新的地方焕然出新，殊非易事。"它有银白色的凸起。/藏着乐音，寂静。"银白色的凸起，又平实，又奇妙,和打个比方就游离他顾不同,这样的深度开掘使意境扩展,神蕴递增。对细部节点精致幽微的把握,赋予一首诗迷人的特质。我们惯于盛赞所谓的化腐朽为神奇,岂不知,挖掘日常性中新鲜如朝露的审美潜质并加以提升,在流行出语惊人、痴迷花样翻新的时尚中,更值得推崇和强调。(韦锦)

离开我，成为你

/谈骁

孩子们在花园里追逐，
女儿也在其中——
一下楼，她就挣脱了我的手。
我乐见她成为随时可以离开我的人。
我乐见她以有限的经验行事：
奔跑时眼中只有前面的伙伴，
听到谁说"藏猫猫吧"，
立即捂上自己的眼睛。
我乐见她叽里咕噜地与伙伴交流，
如果对方走开了，
她仍把一句话说完，
说给自己听。
我们在一旁，聊着平衡车的使用年龄、
青菜的做法和学区房的涨幅。
女儿突然回到我身边：她刚刚摔了一跤，
要我对着伤处吹几口气。
是我让她相信疼痛像一层灰尘，

一阵风就吹走了。

这虚无的安慰会陪着她，

直到伤口越来越醒目，再无什么可以缓解，

她还在自己向伤口吹气，

气流微弱，和她童年时感受到的一样，

提醒她人力的尽头是虚无，

虚无的尽头是承受。

（选自《草堂》2022年第4期）

评鉴与感悟

在女儿成长过程的陪伴中，"离开我，成为你"是很多母亲的悖论：一方面希望孩子长大和自立，一方面总有对孩子放不下的牵挂。从蹒跚学步到咿呀学语，孩子成长中的细节，都是母亲记忆中的珍宝。在这首诗中，诗眼是"她刚刚摔了一跤，/要我对着伤处吹几口气。"的确，天下的母亲都愿意让自己的孩子"相信疼痛像一层灰尘，/一阵风就吹走了。"而生命中的现实不可能如此，"直到伤口越来越醒目，再无什么可以缓解，/她还在自己向伤口吹气，"的确，命运往往是人力不能为的，在虚无中承受，才是我们根本的宿命。（李木马）

钉子钉在钉孔中是孤独的

/汤养宗

一想到天下的钉子这刻正钉在各自的
钉孔中，就悲从中来，喘不过气
一想到它们，正被自己的命夹住
在一头黑到底中
永不见天日，再无法脱身
就问有脚没脚？想拔地而起，奔向天涯路
如你我的深陷，这器
偏爱囹圄又甘于委身
给自己挖井，去找要打进去的部位
去活埋，去黑暗内部，去接受
时光指定的刑期。一进去就黑到底

(选自微信公众号《诗歌月报》2022年6月22日)

评鉴与感悟

这首诗大气磅礴，又收拢内敛，于开合间孕育灼心的火焰，让读者能感受到来自文字内部的能量与震动。

"一想到天下的钉子这刻正钉在各自的/钉孔中，就悲从中来，喘不过气"，这哪里是说钉子啊，分明说的就是你和我啊。我们仿佛能感受到诗人咬紧了牙关，立在窗前，右手按着他朴素的良心，喉咙里积淀了几吨的声音。

不能不说这首诗来自诗人深刻的冲动、深刻的灵感，而这深刻在于，诗人早已把自己当成了一枚钉子——"一想到它们，正被自己的命夹住/在一头黑到底中/永不见天日，再无法脱身"。这也是许多人的命，千百年来被一次次敲打，钉入木头、纸张、骨头和灵魂深处。这种似无法更改的千篇一律的命，有不得不认的无奈，也有一刻不停的反抗与挣扎。

"就问有脚没脚？想拔地而起，奔向天涯路"，诗人在问自己，也在拍着良心。"如你我的深陷，这器/偏爱囹圄又甘于委身"。"偏爱"与"委身"，这两个极富感情色彩的词，尤其能证明一枚钉子的高洁，它钉入钉孔虽然是孤独的，但它相信这也是战斗，更是坚守。

我们每个人都是一枚钉子，"给自己挖井，去找要打进去的部位/去活埋，去黑暗内部，去接受"，诗人准备好接受每一次钉入钉孔的命运，也接受"时光指定的刑期。一进去就黑到底"。

忽然感觉此诗有些悲壮，也有些疑惑。作为词语能力的制造者，汤养宗捏住的钉子是在表达忠心、宣读誓言，还是在找出一个个被磨光的词语，用它的尖锐表达激奋与不满呢？这个疑问不禁将人一下子被钉入大孤独中，似难以返回。（三姑石）

大象画画

/涂拥

这头大象
有几岁就学画几年了
每天站在主人旁边
用长鼻夹住画笔,为游客
表演画画
画得真像!大象兴高采烈
观众热情鼓掌
只是大象不知道
它一直在画大象

(选自微信公众号《给木偶哈口仙气》2022年3月24日)

评鉴与感悟

波兰诗人安娜·斯维尔说,灵感是一根获取世界上所有声音的天线。相信有那么一个时刻,涂拥获取了这根天线传递的灵感,得到了这首看似浅白,实则深刻凝练的好诗。

一曰:白描之言有大义。

大象怎么会作画？如作画，非童话，即神话。但现实中的大象，却在表演项目中果真用象鼻拿起了画笔，像模像样地涂鸦了。诗人以似乎漫不经心的现场白描，还原了这不合逻辑的现实，并传达出警醒之大义。

　　二曰：暗喻之深有沉重。

　　以大象作喻，以作画为成长之印迹，以游客和观众作为赖以生存的取娱对象，似随意的文字中画的其实是世象。"每天站在主人旁边/用长鼻夹住画笔"，无奈，沉重，艰辛和迷惘……

　　三曰：反讽之锐有疼痛。

　　小象之作为并非作为，它只是按着主人的要求，"有几岁就学画几年了"。主人是谁？是一种普遍的规则与思想，是一条条环绕、捆绑的缰绳，是貌似可以达到目标的"大道"。然而，用尽万般功夫，最后，"只是大象不知道/它一直在画大象"。自始至终不知自己在干什么，这种至愚至昧的结果，不禁让人想起鲁迅先生，想起"哀其不幸，怒其不争"的灼灼之言。

　　当然，此诗反讽亦有多种解读入口。观众对于"画得真像！"的热情鼓掌、推波助澜和不明就里，助推了"大象兴高采烈"的程度，也最后导致了，或者说进一步掩饰，甚至掩埋了大象获取真相的可能性。主人、大象和观众都有需要检讨和检视的必要，而其中的疼痛，却难以找到现实的解药。

　　象鼻夹住的画笔，画出的是满纸荒唐；诗人的笔，却是匕首与投枪，举重若轻地击中了花团锦簇下的累累痈疮。（三姑石）

习惯

/ 王宝卿

有人换了楼道顶灯
亮得吓人,被光拉近的
门神第一次英气逼人
连续两天,我都以为
走错了楼层,返回电梯间
确认,没错,是七层。
"我都不适应了"
家门口,儿子也停顿
忍不住回念
走廊尽头臆想的鬼怪
现在,光亮驱赶了臆想
墙白如雪,"福"字
找回了春节的尊严
这时,一个声音传来:
"谁弄的?这么亮!"
邻居大爷发出抱怨
有人立即附和:

"可不，楼道哪用这么亮"
似乎这普惠的光明
伤害了他们对楼道的理解
以及构成这种理解的
不便描述的习惯

（选自微信号《王宝卿》2022年12月12日）

评鉴与感悟

那些来源于真实生活片段与细节的诗，总是让人在信赖中由衷生发出亲切感。这首诗，因为"有人换了楼道顶灯"而萌芽，而我首先注意到的是"楼道"而不是"灯"。无疑，"楼道"才是诗意生成的通道，诗意只是借助突然变亮的灯被点燃。我们注意到，在不少西方现代散文和诗论中，都提到了"家宅"和"楼道"这样的意象，的确，"楼道"特别像诗折行的样子。诗人的发现在于，楼道应该有着适当的幽暗与暧昧，当它被突然明亮的灯光照彻的时候，大家都感觉到了一种莫名的不适应。门神不适应，我不适应，儿子不适应，邻居大爷不适应，其实连"找回了春节的尊严"的福字也是不适应的。在这首诗中，诗人的贡献是发现了光明的无辜，发现了"似乎这普惠的光明/伤害了他们对楼道的理解"，进而触及了潜意识中"构成这种理解的/不便描述的习惯"。（李木马）

一棵树

/田桑

无名小山冈上,一棵孤零零的树
——苦楝、女贞、山毛榉抑或是榆树
都不重要。重要的是你看见了它
远远地,它一下子抓住了你的眼睛
让你心头一热,不由朝它走去

你真的不知道自己为何朝它走去
——想一探究竟,弄清它之所以被小山冈
选作一支笔尖的合理性?还是想近距离考察
探寻它荒野求生的绝技、真相以及它
据此将自己磨砺成一支笔尖的惊险历程?

其实你并未多想,就朝它径直走了过去
就像墨水,下意识地朝着吮吸的笔尖涌去……

(选自《江南诗》2022年第6期)

评鉴与感悟

诗是从一棵树开始的。这种日常经验，不少读者都曾有过。"无名小山冈上，一棵孤零零的树"，它吸引着你的眼睛。在这种吸引之中，你忍不住探寻这里存在的各种问题（"想一探究竟"），其中一个问题必然是，它为什么会吸引你？"远远地，它一下子抓住了你的眼睛/让你心头一热，不由朝它走去"，从吸引到召唤，一切都顺理成章。诗人的笔触如此真挚，让人情不自禁生出感慨。况且这棵树还在你的心中掀起一阵又一阵波澜。这让我想起《追忆逝水年华》里的著名段落：三株树随马车移动而不断变幻身姿。与之不同的是诗人拥有自己独特的感受，这棵树"被小山冈/选作一支笔尖"。比喻精妙（希尼把钢笔比作铁锹）。诗人对笔的情感"就像墨水"在想象力的推动下向前涌动着。（桑克）

四季柠檬诗

/凸凹

来自阳光城的花市,较之
农事中那些普遍的树种,除了
自带阳光,她一年四季都开花、挂果
由紫而白的花——那些因,与
由青而黄的果,在绿叶的唱诗中
生长着天空的循环术和
大地的轮回因果。她在我花园国度的位置
属于中央地带。既照耀四面八方的万物
又被一群植物的兄弟姐妹拱卫
作为身份高贵的公主
她年岁不大,个头较小,却承载得起
满天的风水、祝福和黄金的果实
更重要的,她是我的时间、眷顾和亲人
我血缘的另一种生长方式。是的、是的
我长孙女名字中的那个檬字
一方面是柠檬的檬,另一方面

还是柠檬的檬

(选自《诗刊》2022 年第 5 期)

评鉴与感悟

　　四季柠檬，芸香科柑橘属，花市俏货，盆栽新宠。它的花香淡雅，果香沁人，打破春华秋实的定律，一年四季都能开花结果，孕育微酸微苦却清馥迷人的果实。在凸凹《四季柠檬诗》中，四季柠檬凭借"自带阳光"、四季常青的属性，不仅占据了诗人花园的"中央地带"，也被栽植进诗意的辞典之中。爱尔兰诗人哈利·克里夫顿曾写下名句"所有的柠檬都起于绿色"（《柠檬》），将目光投向诗意的开端，酸涩多汁的柠檬象征着故乡岛屿在诗行间留下的印记；波兰诗人米沃什认为"思想比柠檬这个词分量要轻"，甚至因此在诗中声称："在我的词语中我不碰水果"（《在米兰》）；而诗人凸凹为他花园中的四季柠檬树赋诗，更将这株寓意美好的植物，视为"血缘的另一种生长方式"。他将柠檬的"檬"字，嵌入长孙女的姓名之中。作为诗人，他以诗的方式，为他热爱的植物重新命名；作为祖父，他以爱的方式，饱含期待与祝福地孙女命名。而名字何尝不是一首相伴一生的诗呢？结尾的同义反复让人联想到鲁迅《秋夜》中的经典名句："一株是枣树，还有一株也是枣树。"诗人或许与鲁迅先生一样，都在那个属于命名的时刻顿悟：生命正是在循环与重复中得以延续的，那些闪耀着爱与善意的词语或名字将在重复的呼唤中世代传承，直至永恒。（张媛媛）

伞

/王彻之

接着，迎风鼓起，拉开，
像在枪林弹雨下拉栓，
伞柄脆如幼年的芦苇秆
被雨的叹气折断；与此同时，
就连末端箍紧的手也感到，
那中间聚拢伞骨的力量崩散了。
我们像逃离编制的士兵，
脚冻得发青，回到最开始的
生活的速度似乎变得更慢，
但也不敢抱怨什么，担心
公交车已经过站。当雨声渐歇，
我们都得低下头，眯缝着眼
仿佛承认战争失败，在人群中
观察好一阵，以为摸清了线索，
沿着你离开时的小路飞奔。
我不知道这一切再也不会有了。
除了如今的那些轮胎依然

懂得如何溅湿裤腿，除了那伞
就像心当风把它猛地吹开。

（选自《江南诗》2022年第1期）

评鉴与感悟

王彻之在这首短诗中以一把雨伞转喻了三层时空，似乎是以一段缅怀，抑或是真实的"我"在雨中候车，以此代入时势给生活秩序带来的扰乱。由一把雨伞打开的过程，诗人进入对战争的比喻。诗的开始就进入"接着，迎风鼓起，拉开，/像在枪林弹雨下拉栓，"是雨伞在隐喻战争，还是通过雨伞把写战争之重诗意般引开？"伞柄脆如幼年的芦苇秆"，以及"手"在握伞中感到的"聚拢伞骨的力量崩散了"这几句，都足以让阅读过程中的联想在士兵脆弱的身体上被伤痛一阵阵撕裂。而诗人却继续写一把雨伞。像电影的叙事一样从容转喻到对雨中乘车线路的分析，实则引申至诗人对时势进行预判的忧虑上。而诗中另一份浓重的情感一直在怀旧，雨中、车站、一把伞和"被溅湿的裤腿"，这一系列一去不复返的生活场景，足以让一个在路上的人陷入缅怀。（冯晏）

堆父亲

/王单单

流水的骨骼,雨的肉身
整个冬天,我都在
照着父亲生前的样子
堆一个雪人
堆他的心,堆他的肝
堆他融化之前苦不堪言的一生
如果,我能堆出他的
卑贱、胆怯,以及命中的劫数
我的父亲,他就能复活
并会伸出残损的手

归还我淌过的泪水
但是,我已经没有力气
再痛一回。我怕看见
大风吹散他时
天空中飘着红色的雪

(选自《诗潮》2022年第3期)

评鉴与感悟

　　罗中立油画中的《父亲》、朱自清《背影》中的父亲、刘和刚歌曲中的《父亲》……王单单诗歌《堆父亲》中的父亲，都在描摹一个让人无限疼痛的，我们的父亲。

　　这首诗的主材料是雪，雪对诗意的达成至关重要。

　　第一，诗人用雪的冷表达内心的冷和疼。雪是冷的同义词，父亲去世带给诗人人世间最大的悲伤，用雪来建筑一首诗，可以说别有深意。

　　第二，诗人找到雪与父亲形象的契合之处。雪融化后的泥泞、斑驳、灰头土脸的样子，用此观照父亲苦不堪言的一生。雪怕热怕踩踏的特性，内心洁白纯净的品质，与父亲的卑贱、胆怯，以及命中的劫数，又实现了相似性的有机对照。

　　第三，诗人用雪人一生之短暂喻指父亲一生之忽然而逝，使短痛更具爆破效果。作为雪人的父亲，有"流水的骨骼，雨的肉身"。水与雨之匆匆流逝，正如朝露人生，寄予诗人对岁月不居、生命短暂之哀之叹，很精当，很巧妙。

　　诗人通过堆雪人来物化父亲的形象，对父亲的一生进行还原和再造，不仅赋予了父亲肉体，也塑造了其晶莹剔透的灵魂。

　　可以说，诗人很好地让雪介入了怀念，和父亲平凡而苦难的一生，使诗意在雪的光芒下，尤其闪亮。

　　诗人把雪堆在一张白纸上，实现了对内心的一次擦洗，对人世的一次漂白，对人间真情的一次凝聚。

　　"我怕看见/大风吹散他时/天空中飘着红色的雪"。在这泣血的诗意中，我们仿佛看到，面对苍凉的人世，痛彻肺腑的诗人也要融化了。（三姑石）

在阿那亚

/ 王家新

在阿那亚临海礼堂
静静地坐下
没有牧师,没有念出声的祈祷
只有隐隐约约的涛声
和管风琴声
只有一只不知从哪里
飞到隔窗露台上的红蜻蜓

只有一轮巨大的黑太阳
高悬在海的蓝色之上

我在那里坐了五分钟
好像是受到一次光的洗礼
好像是大海坐了起来,并从胸腔内
泻下了流水般的管风琴声
好像在黑太阳的闪耀之后
一个流泪的人在我身上

重新睁开了眼睛

好像我走了千里万里
就是为了来到这里
好像在我身后还有无数的我
还有一只又一只的蜻蜓
从风里雨里
就要相继来到这里

（选自《特区文学·诗》2022年第2期）

评鉴与感悟

在王家新这首诗中，我们可以一如既往地闻到"知识分子写作"的气息。我想，对形成语言风格的诗人而言，这是一种必然，而对必然的坚持与深化，可以把既定的"文学之井"凿得更深。说实话，我喜欢读这样的诗，因为其高于生活，在我们踮起脚尖的文学瞩望中，诗歌呈现出了它应该是的样子。"临海礼堂""牧师""祈祷""管风琴""隔窗露台上的红蜻蜓""黑太阳"，这些带有神圣感的意象，在"高悬在海的蓝色之上"这样肃穆的氛围中，我也想坐五分钟，也想"受到一次光的洗礼"。这时候，神幻的情景出现了："大海坐了起来，并从胸腔内/泻下了流水般的管风琴声""黑太阳的闪耀之后/一个流泪的人在我身上/重新睁开了眼睛"。其实，诗路上跋涉千里万里，就是为了慢慢靠近理想化的诗境，而向着理想跋涉的"还有无数的我"，包括"一只又一只的蜻蜓"穿越风雨"就要相继来到这里"。（李木马）

春夜,动车组检修(节选)

/ 王士丛

复兴号、轮对、气囊、制动装置
成千上万根螺栓,这大小不一的蓓蕾
看,手握摄像手电的年轻师傅
以一束光芒的小棍子检点着车底
"关键部位""关键部位",背地里
我们称他"关键部位"先生
是的,我们心里知道,对动车组
没有哪一个部位不是关键部位

在半个足球场一样大的动车检修库
塑胶地板的绿,如春天的草坪
在这里,如果忽略庞大的事物,忽略劳动的身躯
接下来,会剩下几十双手,鸽群一样舞蹈
手随眼动,眼到,指到,心到
车轮的圆,现在是满月的圆
明早是旭日的圆,轮对踏面,切线
随着视线延伸,哲学的圆,极致的圆

那么可爱，可以照见我的小虎牙

动车组机械师是一个帅哥
刚刚查完另一头的八节车厢
他打趣时微微有些脸红：工作健身两不误
我心说，你是工作恋爱两不误，喊
说是爱动车，谁不爱动车，你是爱动车上那个人
心细如发，细观，慢看，猫步
太空舞慢动作，车顶上漂亮的女动车组机械师
也跟接触网亲密接触。大学毕业生，琴师
在检查受电弓状态，侧影如美术书上的石膏像
逆光之美，隶属于高铁美学范畴

冲刷车身，你知道的室内春雨
时尚的奶白色皮肤又焕发出被春风打磨的光亮
就这样，我们在检修工序的快慢之间自由切换
午夜剧场，走台，身影匆匆忙碌，灯光和舞美炫亮
或者，目光游移，在车顶或车底某一部位的检修画面
油画，素描，定格，特写，动态或静态
组成一台《工匠精神》的组照，堪比北京人艺
OK，OK，OK，一个OK接着一个OK
绿色的"无电"作业标识像钢轨枝条上
一片片发光的叶子相继亮起来

鸽哨般的鸣笛声跟着响起。好了，好了，好了
呼唤应答，每个工位都传来"好了""好了"
一切都好了，天窗上，一只早起觅食的灰喜鹊
看见工友们，音符一样纷纷伸着懒腰
互相嗨皮一下，抹把汗，远远做个鬼脸
现在，检修库所有酸疼的腰们都伸直啦

所有的身板像走行线一样直。因为动车即将出库
朝阳努力斜着身子，以一根巨锥
悄悄把大铁门撬开了一道缝隙，万吨霞光
迫不及待涌进来，瞬间灌满车间
驾驶室，目光如炬的高铁司机，路服板正
像个新郎官，他郑重地向远方伸出手指
风笛，和车库门外浩大无边的春天低声说了句
——出发

（选自《人民铁道》报2022年5月1日）

评鉴与感悟

这是一首劳动之诗，如同复兴号动车组的电路和油管中涌动的激情。轮对、气囊、驾驶室、制动装置、成千上万根螺栓、手握摄像手电的年轻师傅……一系列崭新的工业文明符号，像动车组一样开入了诗行。动车检修库，绿色塑胶地板如春天的草坪，车轮的圆，如同满月的圆、旭日的圆，镜子一样的轮对踏面"照见我的小虎牙"……还有"太空舞慢动作"的"车顶上漂亮的女动车组机械师"，为我们呈现出刷新眼球与意识的"高铁美学"。"朝阳努力斜着身子，以一根巨锥/悄悄把大铁门撬开了一道缝隙，万吨霞光/迫不及待涌进来，瞬间灌满车间"，我们分明看见了一幅蓬勃涌动的青春中国之大美画卷。
（晓理）

塔里木河

/ 王兴程

流沙颤动,琴弦起伏
歌唱的人闭上眼睛,把头抬向天空
他在呓语里植入自己的苍茫
将声带上的风沙拂去
把声音压低,拖长
他开始把一条大河牵入梦境

这个下午,阳光干燥
我们穿越了沙漠,站在桥上
看见它洗净了沙子
流进了一个干渴的喉咙
像是多年前的一幕,在南疆的天空下
离乡的人在一根弦的低音上徘徊

不回忆过去,不重复苦难
你只需要接上另一个人的应唱
我曾告诉过你,心怀伤痛者

寻找的不只是泪水
这个下午，我还想告诉你
不用回到故乡，走过塔里木河
你就能找到那个可以相依为命的人

（选自《朔方》2022年第2期）

评鉴与感悟

　　毫无疑问，沙漠里的塔里木河是富有诗意的，站在河边"把头抬向天空"投入地闭上眼睛歌唱的人是有诗意的，于是诗人看见他"在呓语里植入自己的苍茫""将声带上的风沙拂去""把声音压低，拖长/他开始把一条大河牵入梦境"。于是在这个阳光干燥的下午，穿越沙漠，站在桥上的诗人看见"洗净了沙子"的塔里木河"流进了一个干渴的喉咙"。于是，站在沙漠里的塔里木河边之畔，"你只需要接上另一个人的应唱"就会接通漂泊者共通的情感之河。（李木马）

女人。陌生的事物

/ 王自亮

虽说是你的肋骨，
却从未嵌入你的胸腔。

当一个女人站在你面前，
你不知道下一刻她会说出什么。
但她绝不会谈政治或兵器，机械原理，
她说的，一定是大至宇宙小到卧室的意象。
刚烈或柔软的事物；世界的
特殊关联；"叠袖而眠，心有好梦"；
父亲对她的宠爱；一只怪异的猫；
金币上粉红的旋转公主。
香水的谋杀。泪与绸缎。
月色中铁定的苍白。

当一个女人出现在你面前，
不知道她下一刻会怎么对待你，
但绝不回敬，以防范、委蛇与冷峻的姿态。

她会言不及义，环顾左右，
因为你的笨拙或虚伪。
她会向你询问一个人，给你再见的机会。
她即使扭头就走，生气，也后背长眼，
她只关心灵魂、毁誉和幼狮。
她的脸庞，如同山茱萸的果实，
有光泽，酸涩的红，天真而成熟，
气息堪比女巫所焚之香。

你，不了解女人，
正如你不了解水。

（选自微信公众号《幸存者诗刊》 2022年11月21日）

评鉴与感悟

"虽说是你的肋骨，/却从未嵌入你的胸腔"，和你的生命血肉相连却不是你生命的一部分。这是王自亮所熟悉的女人，也是"陌生的事物"。这样的女人有另外的生命系统，未必和男人相异和相悖，而可能是两个星系在生成中彼此相望和依偎。这样的女子，她因为无视男人的界限而有了"大至宇宙小到卧室的"空间，有了并行不悖或水乳交融的"刚烈或柔软"。"她即使扭头就走，生气，也后背长眼，/她只关心灵魂、毁誉和幼狮。"

王自亮的语言有歧义横生、枝蔓芜杂的葳蕤。他让女人获得貌似轻蔑的礼赞。说她只关心灵魂、毁誉和幼狮，这"只关心"远大于什么都关心。说她因为你的笨拙或虚伪，会言不及义，环顾左右，这提示你，她打败你的方式是让你羞愧，让羞愧拔出你深陷笨拙和虚伪的脚。

虽然最后两行有失简易，但细想之下似乎又唯此相宜。如果我们只看见熟悉的水，看不出水的陌生；只看见日常女子熟悉的脚印，找不到陌生女子神奇的居所，那说明我们的大脑细胞有三分之二没有被激活。（韦锦）

分行的散文·第六八二

/ 韦锦

今晚,吴刚砍倒了桂花树。
虫蛀的桂花树,桂花落满了月亮。
今晚,吴刚围着月亮走了三圈。
今晚的吴刚心里发空,口中都是苦味。
他走到月亮边上,用斧背做锤子,
把月亮敲得咚咚响。
他觉得有必要闹点动静。
他已连续三年不说一句话。
最初的时候没人告诉,
离开老家的代价会这样高昂。
他越来越讨厌那些胡思乱想的人,
随便一个念头就把人反锁在故事里。

(选自《扬子江诗刊》2022年第4期)

评鉴与感悟

　　诗人善用平凡字表达不凡的含义。几乎所有词语都在自性中水一样流淌，但组合起来却觉得妙、神秘、玄幻，和那种用词用语险峻、意蕴却平淡陈旧的东西相反。

　　与词义语义相比，节奏是诗歌本体中又一核心部分。我欣赏愿在节奏上用功，或具有节奏天赋的诗人。此诗虽称分行的散文，实则富含韵律，语调语感畅达随性，貌似散漫实则延绵，读来有一种倾泻的、跌宕的气势，织体繁复协和，起伏有致。

　　这首诗另一奇妙处是提供了对结构进行多种解读的可能。蚌一样开合自如的首尾相顾和互动。句与句之间，意象与意象之间，动作性极强的诸个环节如一轮轮起跳，空翻，旋转，幅度大又衔接自如。这样的诗，给人惊喜且让人反复回味。（曾震宇）

大雨将至

/吴乙一

天空忽明忽暗。我依旧行走在
幽静的环山公路
仿佛要独自将悲伤带到更开阔的地方
我相信,黑暗中一直有陌生人
陪伴着我
有时,他在我前面
有时,他会放慢速度,回到我身后
并用低沉的咳嗽一再提醒我——
注意避让闪电
注意闪电中突然浮现的脸庞

(选自"中诗网"2022年2月22日)

评鉴与感悟

　　优秀的诗人总能敏感地捕捉到某一境遇中的那种人与自然氛围中的瞬间感觉。大雨将至，走在山间路上，这是多少人似曾相识的经历。这时候，我们会面临着天空与大地的双重压力，恐惧感，紧迫感，感觉有什么令人恐惧的什么一直跟随着自己。诗人如果只写出了很多人共有的这种感觉，这首诗的艺术高度依然很难凸显，正是最后两行的突然反转，如闪电般刺目，而恐惧的"跟踪者"其实是一个隐形的"保护者"，诗人借力打力，又把诗意向前推进一步。最后一句"注意闪电中突然浮现的脸庞"，足以让人灵魂出窍。（李木马）

不安之诗

/武强华

晚上散步，隐约看见
对面走过来一个人。我猜想
他背着吉他或大提琴
一定是个艺术家

路口的灯光下，终于看清楚
这个穿着破旧工装的男子
背着一捆废旧的纸板
匆匆过马路去了

整晚我都有点莫名的不安。好像
那个人窘迫的生活与我有关
好像，我对这个世界无知的幻想
无意间伤害了那个人

（选自《诗林》2022年第5期）

评鉴与感悟

这是一首有内省意味的诗,很容易把人带到诗境中,并与诗人有了一样的不安。

纯净的心里,世界也是纯净的,一切都在美好的想象与寄予中生长,蔓延,逐步开阔起来。诗人没有把走过来的人想象成乞讨者、梦游者、妄想者,而是"我猜想/他背着吉他或大提琴/一定是个艺术家"。

诗人的欣喜似从诗里要流淌到诗外了。我们感觉他正陶醉在吉他或大提琴发出的甜美乐音中,眼前看似美好的情境,甚至要让他放声歌唱了。

艺术是相通的,诗人与音乐人在一个寻常的夜晚,似乎正在演绎一场不期而遇。

然而,那不是一个音乐人,而是一个迫于生计、奔波劳碌的普通劳动者,诗人的描述确认了他的身份。

这种强烈的预期与现实的反差,让诗人似乎愣在了原地,他不理解自己的判断为什么有如此大的差池。诗人好像是十分确信自己的人,以往的经验能够证明这一点,但在这样一个寻常的日子,他的判断遭遇了一次不小的危机。

敏感的诗人说:"整晚我都有点莫名的不安"。这种不安是一种自责,更多的是对生命的敬畏。诗人没有怨忧什么,也没有对那个人的身份有所不屑,而是扪心自问,"好像/那个人窘迫的生活与我有关"。

这样的大境界、大悲悯,让人忽然就被震撼到了,耳中似有隆隆喧响。面对那个人的窘境,诗人因为不能去改变什么而有所自责与自问,似在为没有救世主之能而有所羞,有所恼。

人与人之间的确有诸多差异,而诗人在此言之凿凿地自省,似在批判心中固有的差异论,强力地推动一下永远不能平衡的平衡论。

诗人一直关注的是那个人,是他心中认为伤害过的那个人。他心中出现的"那个人",我以为不仅仅是诗中的"那个人",而是诗人心中永在的有所不安的"那个人"。因"那个人"的存在,诗人的精神气质卓尔不凡,胸怀境界与常人有异。(三姑石)

告别

/ 夏午

那是1999年的夏天。
洪水刚从小镇上退出去不久。她骑着
一辆借来的自行车，披着朝阳，
沿着坑坑洼洼的石子路
往家里赶。

一会儿上坡，一会儿下坡。
人生的巅峰与谷底，有时会同时显现。
而那时候她还太年轻，并未发现这一点。
也不懂得：
越往后的人生，越少意外。

那一天，风和日丽。
成群的灰喜鹊一如既往，
聚集在村口的白桦树上，快活地跳着
细碎的舞步。
马路上尘土飞扬，没有任何迹象显示

祖父刚刚离开人世。

（选自《诗刊》2022年第1期）

评鉴与感悟

　　这首诗像电影里的一个镜头。一个青涩女孩骑着"一辆借来的自行车，披着朝阳"在洪水刚刚退出去不久的小镇上"沿着坑坑洼洼的石子路/往家里赶"。上坡，下坡，巅峰，低谷，骑行中的女孩没有觉察到这些，也不懂得"越往后的人生，越少意外"。其实，哪一个风和日丽的日子、哪一个喜鹊登枝的日子，没有人间的悲欢离合呢？诗人要告诉我们的是：这样的庸常里包含着悲喜的日子，其实占据着我们生命与生活的主体。（李木马）

罗纳咖啡馆的午后

/霰忠欣

这里有一匹棕红色的马。
这里有一幅梵高的《星空》
这里有祖孙三代翻阅过的满墙的书。
这是一个结束的世界。
一个埋葬纪念的故事。
每一页都曾燃烧过。
女人望着窗。擦拭锤纹玻璃杯。
擦拭着去世的十年。
相爱的人留下影子。
沧桑的目光,苍老的手指。
无法圈禁的深情。
这里将等待视作黎明的花。
跋涉的花,凌空的花。
在罗纳咖啡馆。
女人拥有一杯价值28块的午后。
由82岁的灵魂安静冲煮。

(选自《诗刊》2022年第11期)

评鉴与感悟

开头的三句让我担心,排比句式对一首短诗来说太过冒险。尽管新诗语言不必刻意,但这毕竟会给人图省事的感觉。好在接下来的一句有断崖似的陡峭,让人一口气读下去。然后,回过头细细打量,原来,看似随意的并列或许接受了冥冥中的安排:枣红色的马带来草原和辽阔,带来自然的空间;梵高在安顿星辰时堵住脚的退路,艺术的星空为之打开;满墙的书因为祖孙三代的翻阅留下密密麻麻的手印,这是时间拥有了空间,空间拥有了时间。三行诗呈现了三种情状和情态,造化的杰作,创造力的巅峰,人类生活的珍贵积存,在咖啡馆氤氲的香气中,避开了成为废墟或随风飘散的厄运。"一个结束的世界"、"一个埋葬纪念的故事"、"相爱的人留下影子"、"去世的十年"尚可擦拭。时光不再是时段或缠绕不息的线,它以有形的存在在擦拭中发亮,从而拒绝消逝。于是等待有了黎明的形状,无须分针和秒针计量的午后有了杯子的形状。唯有燃烧,不必有灰烬的形状,它以82岁的宁静,以花开的速度,继续跋涉或凌空。(韦锦)

橙子

/小西

橙子本身是个容器
汁液甜美，虽满却不溢。
如果同样悬于危崖
它比一列火车从容。
所以她讲了几种打开橙子的方法
我都没有在意
无非是让伤害看起来更体面
吃相更优雅一点
但这与橙子有何干？

我坐在那里翻看一本画册
迷上了画家乔治·莱斯利·亨特的静物
有果实，盘子和花卉。但没有刀叉。
并用了舒服的色彩来进行描述。
不错，他给予了沉默的事物
最基本的一种尊重

（选自《扬子江诗刊》2022年第2期）

评鉴与感悟

《橙子》是一首思想之诗,表达的主旨是对艺术与思想之物——橙子的尊重。首先,诗人把"橙子"看成一个容器,"汁液甜美,虽满却不溢"。进而,面临危境时,"它比一列火车从容。"而切开橙子和吃橙子的人表现出的所谓"体面",也同样反衬出橙子的不在意。后来诗人告诉我们,艺术家是懂橙子的人,他们总能"给予了沉默的事物/最基本的一种尊重"。无疑,这里的橙子已然生成为一个理想化的文化符号,对橙子的尊重和理解就是对艺术和美的尊重与理解。(李木马)

海神的后花园

/谢宜兴

大海有神,海中也有花木
我家乡的东吾洋和官井洋就是
海神的后花园。那个叫东冲口的
窄门,便通向神的宫殿
神嘱咐守门人,性格乖张的飓风巨浪
拒绝入内,柔风微澜任意来往
有幸生长在两洋岸边的我的父老乡亲
是神选定的这花园的园丁
这里的花木一律按海国命名
菊花叫海葵,仙人球叫海胆
蒲公英叫水母或海蜇,合欢叫海蚌
海鸥是空中飘过的杨花柳絮
官井黄花是神钟爱的黄牡丹
我小时候坐在东吾洋岸边看双桅船
列队满帆向南去,不知道那是
一群海蝴蝶,飞过神的午后的花园

(选自《诗刊》2022年第19期)

评鉴与感悟

　　一个新鲜的比喻无疑可以激活一个被写旧了的母题。当谢宜兴选择"后花园"一词来指认他故乡东吾洋和官井洋的海，这首诗便脱颖而出，卓然立于众多的海洋诗篇之上。这是一个具有再生性想象力的比喻，当海被比喻为花园，它便有了另外一个场域的加入，那场域中的一切也便为海所有。好比在诗中，原本属于花园中的植物概念顺手被诗人拿来置换海中诸物，所谓菊花叫海葵、仙人球叫海胆……诗人加之于海中诸物的新名词是诗人与海的秘密，一旦写成诗篇并且呈现于读者面前，也便是在呼唤读者重新观察海、理解海，认可海——诗人重新发现的海。一个优秀的比喻就这样完成了诗人对世界的重新命名。

　　阅读本诗，我也特别注意到东吾洋和官井洋两个地名。据诗中所述可以分析出，两地的海水经由东冲口，汇入东海。从词汇概念上，洋大于海，东吾洋和官井洋小于海却以洋呼之，不禁让我想起许多地方习惯用海来称呼湖，所遵循的都是以大喻小的命名方式，此中心态当是命名者对宏大事物的想象和向往所致，挺有意思。

　　本诗是对童年的回望，亦可说是中年之"我"联手童年之"我"对家乡之海所做的文字描述。童年所望到的海、海中诸物，纷涌到中年之笔下，童年所朦胧觉察到的海之瑰丽、绚烂，在中年之笔下有了确切的指代：后花园。童年所看到的双桅船，在中年之笔下是飞翔于碧波上的蝴蝶，飞出了东吾洋后花园，飞向更为开阔壮丽的海、洋！全诗结束于无限憧憬的未来，亦是童年对成长的期待。（安琪）

病人

/辛泊平

下午的光阴,似乎比上午来得要轻
比上午更加虚无

梧桐的树影遮住了窗子,初夏的风
穿过树叶,但没有穿过我

肉体下沉,书页上的文字
犹如被遗落在田间的麦粒,兀自发芽

我多次走到窗前,想用眼睛
代替推理,用眼前的麻雀代替思想

我把一只误入走廊的蚂蚁放到草坪
看着它消失,却不知它究竟来自哪里

树影移动,我看到许多熟悉的背影
从窗前经过,慢慢变成旋转的表针

而我，依然呆呆地站在原地
想象那只蚂蚁，想象风吹过身体的声音

（选自《当代人》2022年第4期）

评鉴与感悟

　　作为诗评家和诗人的辛泊平，有着细微又隐忍的特质，他的作品真切、考究，有着对品质的自我要求。一个病人，往往比常人对世界、生命的感觉更为敏感，所以，在病房一隅之内，能够感觉出"下午的光阴，似乎比上午来得要轻"，能够觉察出"初夏的风/穿过树叶，但没有穿过我"，能够感觉到肉体下沉的时候思考能够上升。所以，"我多次走到窗前"打量外面的世界，麻雀、蚂蚁、树影，"许多熟悉的背影/从窗前经过，慢慢变成旋转的表针"。最后，诗回到原点，回到"那只蚂蚁"一样的自己，回到时间的风"吹过身体的声音"。（李木马）

祁连山上的雪

/ 熊焱

昨夜落下的月光还未干
就被寒霜染成了弯刀上的锋芒

昨夜从江南运来的丝绸刚刚漂白
一袭哈达皓洁的幽梦，就挂上了高高的山峦

——这祁连山上的皑皑白雪
是母亲敞开的胸脯
哺育着一廊河西曲径通幽的时光
是神灵在云端下翻晒的经卷
粒粒蘸满银粉的佛语，让众人都找到纯净的睡眠

那一年我骑着白马，从凉州出发
从飞燕的背脊抵达反弹的琵琶
肉身丢在了沙州，灵魂却留在了甘州
祁连山的风一次次地洗白了我的头发

不忍回首啊,深闺中的卓玛

还在熬煮着酥油茶。她一抬头就看到远山的雪

那是哪一个他,就要背着银子跟她走遍天涯

(选自微信公众号《中国诗歌网》2022年4月5月)

评鉴与感悟

  顺着河西走廊一路向上,祁连山上的雪,给我们带来如此浩大的想象空间。而从熊焱这首《祁连山上的雪》中,我们看到神性高原与古典情怀在诗人心灵中的融合与共鸣。在高于凡尘众生的精神高地,在穿越时空的想象中,骑上白马,仗剑天涯,看见被寒霜浸染的月亮弯刀,进入哈达般皓洁的一袭幽梦,"从飞燕的背脊抵达反弹的琵琶"。而在不忍回首中,"深闺中的卓玛/还在熬煮着酥油茶。她一抬头就看到远山的雪"。孤旅中曾经的少年,原本是"要背着银子跟她走遍天涯"的。(李木马)

蛙鸣：致父亲

/徐俊国

月亮是黑夜的胆结石，
上半夜发作，下半夜疼醒。
鹧鸪往动脉里下了一场
江南雨，眉头起涟漪。

上半身的现实与下半身的困境，
弯成九十度。大清早，
父亲回来，放下镰刀的样子，
疼得锋利。

眉头起涟漪。
我蹲下来，帮他脱雨靴，
泥巴里掉出一阵蛙声。

大雨瓢泼。我一生见过的

所有青蛙，都加入了

沉闷的合鸣。

（选自《诗刊》2022年第20期）

评鉴与感悟

胆结石与疼痛的关系，亲历过的人会觉得非常真实，却又足够虚幻，虚幻到人可能因无法忍受肉体折磨而产生"生无可恋"之感。作为诗人，徐俊国写下了父亲遭遇的身体疼痛，他以亲情书写的方式讲述了一个有着内在隐痛的故事。而如何在诗的层面超越疼痛，对于诗人来说，则是通过技艺的修行将疼痛转换成语言与身体的彼此"发明"……他蹲下来为父亲脱雨靴，泥巴里掉出一只青蛙，诗人没有实写，而是以"掉出一阵蛙声"来缓解疼痛带来的苦涩。当大雨瓢泼而下，其他声音被雨声淹没，"我一生见过的/所有青蛙，都加入了/沉闷的合鸣。"胆结石的疼痛看似在此消失了，实际上，它只是被雨声和蛙鸣所掩盖，父亲还是要继续忍受这"生活中的失败"。这样一首关于胆结石和疼痛的日常经验之诗，诗人之所以记录下来，一方面是对疼痛的回应，另一方面，也是由此向父亲表达对话和致敬之意。
（刘波）

我走之后

/徐晓

我走之后,一切如新
不会留下丝毫痕迹
仿佛我从未来过
这让我感觉轻松,又有些许遗憾

我走之后,没有读完的书
再也不用翻开了
没有想通的问题,就此搁置着
来不及相见的人
但愿能在梦里偶遇

我走之后,花园桥依旧人潮汹涌
草丛中的喜鹊,依旧为大家
带来好消息。我的朋友们
不再因一个面带惊慌的人
而远远地挥动手臂

(选自微信公众号《一见之地》2022年6月22日)

评鉴与感悟

青年诗人徐晓的这首《我走之后》，有些"轻轻的我走了，/正如我轻轻的来;/我轻轻的招手/作别西天的云彩。"的意思。"我走之后，一切如新/不会留下丝毫痕迹"，透彻的了悟中，有放下的释然，也有坦陈的些许遗憾。我走之后，没有读完的书，没有想通的问题，都可以"就此搁置"，变得不再重要，而"来不及相见的人"是暂时还不能放下的，"但愿能在梦里偶遇"。的确，对一个人的离开，世界是不会在意的，"我走之后，花园桥依旧人潮汹涌/草丛中的喜鹊，依旧为大家/带来好消息"，是客观的认识，是冷静的接纳，也是温暖的祝福。（李木马）

梯田，或花园

/ 薛菲

它就是田野
埋入泪水和汗水的田野
在高原上的故乡
女人若受了夫家的气
背竹编的背篓
进入层层叠叠的梯田
干活时默默哭诉
青稞青，油菜黄，万物生长
它们是不说闲话的知己

长满甘青铁线莲的故乡
田野里母亲挥洒汗水
从窈窕少女走向银发老妇
直到梯田的褶皱
打开一条深深的裂缝
收入肉身和灵魂

是啊，天堂就是
母亲出入的地方
拥有五种色彩以上的花园

（选自《诗歌月刊》2022年第3期）

评鉴与感悟

"进入层层叠叠的梯田/干活时默默哭诉"的母亲，隐身于一幅饱含沧桑感的"人生工笔画"之中。在诗人笔下，这幅人生画卷立体地展开在"梯田，或花园"之间。女人，辛劳的命运，贯穿在"从窈窕少女走向银发老妇"的生命过程中。"竹编的背篓"编进了多少苦辣酸甜，"青稞青，油菜黄，万物生长/它们是不说闲话的知己"成为点题的"诗眼"。"长满甘青铁线莲的故乡"有着独特的标签，而"梯田的褶皱""打开一条深深的裂缝/收入肉身和灵魂"，天堂般的故乡，生命花园里那五种以上的色彩，不正是生命中甘苦之味吗？（李木马）

野鸭子

/雪鹗

这片沼泽是它们的
国土
那只大麻鸭
是它们的国王
不足十只
应该是它们的
总鸭口

春天,它们和冬天时
飘落的羽毛一起
在融化的雪水上漂浮
一只只,高昂着头
闯入它们的夏天时
它们,一只只,高昂着头
我悄悄藏起我的王国
我的城市
我背后的一切

学着昂着头的样子

（选自《青春》2022年第10期）

评鉴与感悟

不难看出，《野鸭子》出自小野鸭一样可爱的青年诗人之手，可口的口语，清新而生涩，读这样的诗，如同吃着带露珠的山野菜，爽口爽心。的确，在心中的"沼泽国土"上，诗人自己就是那个"大麻鸭国王"，即使在春水中遇见自己冬天"飘落的羽毛"，它们依然高昂着骄傲的头。青春也有愁滋味，而夏天里昂着头的大麻鸭，就是青春本身的样子。（李木马）

忆游厦门

/焱石

2012年秋，与进退诗人吴盐、独孤长沙、散隐游厦门，一时青春快意很是难忘。十年后作此诗，赠进退诗友。

卧铺卅个小时的漫漫长途，
图穷到海边亮出四个青年。

好似异响漂流来的玻璃瓶，
顿然情热胀开瑟缩的木塞。

再一次经历造物工的吹制，[①]
他鼓起风腮将海灌入胸怀。

从此远行在随身携带的海，
却频频驶入格子间而搁浅。

(选自《江南诗》2022年第4期)

---

① 我不信有造物主，但我信有造物工，那勤勤恳恳的造物工。

评鉴与感悟

大概是八九年前在南京读书期间，在一次诗会上与焱石有短暂一叙。此后听闻其与诗人吴盐、袁行安、独孤长沙等组建进退诗社，皆行为举止佯狂不羁，坊传有魏晋之风。此后多年未见其诗其人，前不久忽发我一组咏怀诗，让我大为惊叹其诗才。焱石的诗多有古典味，亦多愤懑、书卷之气。这首诗怀想往昔四青年隐游厦门，"好似异响漂流来的玻璃瓶，/顿然情热胀开瑟缩的木塞"，青春意气，谈诗论道，喝酒吃肉，岂不快哉？那时候"他鼓起风腮将海灌入胸怀"，年轻无极限，我的地盘我做主！岂料一别之后，世事沧桑，人近中年，"从此远行在随身携带的海，/却频频驶入格子间而搁浅。"这片"海"只能随身携带，却又在生活里频频搁浅。曾经的这群来自外省的文艺青年，无数次在灯火辉煌烟熏火燎的烧烤店，口吐唾沫、张牙舞爪地研讨那些关于诗歌的韵脚和词汇，以及人生的鸿鹄之志，词语的利刃兀自挥向未知的黑夜。在无数次的呼喊和张望中，"中年"已经提前到来。"又有什么最后的胜利而言/挺住就是一切"（里尔克诗），让我们大声喊出那句话吧——永远年轻，永远热泪盈眶。（卢山）

我喜欢

/ 颜梅玖

在老家屋后,曾有一条
被树荫遮掩了一半的小河
河面有一半的明亮
还有一半的幽暗
我喜欢那明暗的晃动
我喜欢夏日里,那被树叶筛滤后
变得柔和的光线
喜欢阳光透过茂密的树叶
轻轻触碰到河面的那段时间
总之,我喜欢内敛的,温情的事物
准确地说,是喜欢那种寂静
就如老屋里的毛边书,磨损的绳子
陶制的坛子闪烁着朦胧的光,以及
跛脚的五斗橱
仿佛它们吸纳了周围的声音
它们将我深深吸引
在时间的调和中

它们越来越暗淡，陈旧
而我喜欢
我喜欢在这种光滑的寂静中
听见自己的呼吸

(选自微信公众号《早上好读首诗》2022年1月12日)

评鉴与感悟

老家屋后的一条小河，是记忆之河，也是时间之河，那闪烁的明暗，暗示着日月轮回中光阴的流逝，而"那明暗的晃动"就是记忆与时间的身影。在颜梅玖描绘出的这幅"诗意工笔"中，"夏日里，那被树叶筛滤后/变得柔和的光线""阳光透过茂密的树叶/轻轻触碰到河面的那段时间"，因为内敛、温情、寂静而让她难忘，"如老屋里的毛边书"让读者不倦阅读。一条小河也像"磨损的绳子"，通向记忆的"坛子"并"闪烁着朦胧的光"。在对寂静的青睐中，诗人的笔触由光影而触及了陈旧的事物中"自己的呼吸"。(李木马)

绥化

/杨川庆

黑土之上,一个吉祥的地名
是的,吉祥而朴素,朴素而亲切
还有话语,犹如黑土,一点都不空洞
还有生活,更靠近植物,离汽车的喇叭一步之遥
身边的人,他们的笑容,让我想起葵花
好看,籽粒的芳香在召唤,让人爱不释手

二人转的唱腔浸入骨髓,如此自然
剪纸的梦想低微,像成熟的粮食
粮食,真实而炫目,铺满原野
她们气息独特,喂养平凡的胃口
故乡在胃里,这种感觉仿佛天赐
是的,天赐黑土,天赐黑土之上的绥化

(选自"参考网"2022年4月13日)

这首诗中有一句堪称金句——"故乡在胃里,这种感觉仿佛天赐"。我们对于喂养我们童年、少年,或者中年艰苦生活的故乡,不管走多远、多久,都会在心中为其留有最温柔的部分。诗人借胃设喻,很容易就找到了与读者的共鸣点。

对于生于斯、长于斯的土地,我们有时不免有麻木感,甚至她的地名,我们都因为太熟悉而忽略她的粗犷和唯美,又何谈她的那些"吉祥"等等美丽的寄寓了。但诗人的起句就唤醒了沉睡的我们——"黑土之上,一个吉祥的地名/是的,吉祥而朴素,朴素而亲切"。

犹如有经验的导引者,诗人把读者与诗中他所要主导的声音、所要呈现的另一个世界牢牢地捆绑在一起。他有节奏地推进一首诗,和读者反复确认:这就是我们可爱的家乡——家乡的声名之美,家乡的话语之亲,家乡的生活之近,家乡的人们之好。

简洁而饱满的语句,恰如秋天金黄的老玉米,光鲜醉人。可以说,是诗人高高举起的甜美的汁液,让我们的胃咕咕地叫起来。

诗人的高妙还在于,绝不就此罢笔。他反复强调"二人转,剪纸和粮食"的功用,最后归结到"粮食,真实而炫目,铺满原野"。

读到这里,我们只是看见诗人在用心用情用力表达对家乡深沉磅礴的情感,似乎感觉还有些压抑,有些透不过气来,似还差一口气没有吐出来。作为一个成熟的诗人,绝不会给读者这样的瘀结——"她们气息独特,喂养平凡的胃口/故乡在胃里,这种感觉仿佛天赐/是的,天赐黑土,天赐黑土之上的绥化"。高潮因此到来。

谢有顺认为,作家"写作根据地"不一定是偏远蛮荒的山坳,而是凝结作家记忆和情感的地方。无疑,杨川庆已经把工作地绥化作为他写作精神扎根的地方,这里他所熟悉的地域、物态、人情,源源不断地为他提供写作的真材实料。

同时,这首诗也是时代之诗,深深地镌刻着岁月的痕迹。诗人在此间鲜明地亮出了"精神还乡"的凭借与依靠。在社会由农业文明向工业文明转型后凸显的矛盾与冲突中,在人们对城市文明追逐中的喧哗与骚动、分裂与扭曲中,诗人以其对乡风与农耕的歌颂与吟咏,达成了对承载纯朴自然、自由美好的精神栖居地的最终皈依。(三姑石)

在开往哈达铺的火车上

/杨森君

我辨认着
与我的命运一致的人

我在很多人的
面孔上寻找自己
沉默寡言的
心不在焉的
兴奋的
疲惫的
幸福的
操劳的

我居然在一个小男孩的面孔上
看见了自己小时候的模样

——他在一位年轻妈妈的怀里酣睡

（选自微信公众号《猛犸象诗刊》2022年3月26日）

评鉴与感悟

《在开往哈达铺的火车上》所呈现的应该是诗人推定或不得不面对的诗意现场。在一个封闭的、枯燥的、无所事事的,但又人群密集的时间与空间中,诗人没有把心思投向窗外,而是静下心来,于车厢内对应的人与物中,寻找并发现自己,重新审视并确认自己。

诗人手中似有一架虚无的相机,从远处向近处切入,从宏现向具体推动,从别人的脸向自己的脸转换,最后完成远景到近景的关注,从普遍到个案辨识,从他拍到自拍的机智反转,实现诗意的有力构建。

在车体的抖动中,在各色人等的聚集地,诗人好像习惯性地呷了一口茶,又慢慢地用大手攥紧了跟随自己多年的大茶缸子,平静的表情下,是一层层动荡的涟漪。

车厢里,小世界,大人生,面目各异的人,命途也不一,但诗人于万千人中,发现了形似自己,或确是自己的——深藏着过往、现实,已属于胶片定格的,已经积攒了浅灰的脸。

诗人透过镜头在一张张脸上寻找、确认自己,也是在寻找、确认命运。在这些不同的脸上,诗人找到记忆中自己不同的脸,他们在一个荧幕上流动了起来。那一张张脸的转换中,是凝固的过往,也是定格的时间。当自己在他人的脸上清晰呈现,整个车厢忽然响起同一种命运的旋律。殊途同归的指向,生活的复制与重叠,令诗人似乎无法辨认本应迥异于他人的存在。

然而,寻找终会有所结果,诗意,也终会一步步逼近。

人在旅途,如人在荒野,颤抖的灵魂似无以栖居,于冷暖交替中,于万千矛盾中,诗人似乎弄丢了自己,而孩子却如星辰陡现。我们好像能觑见诗人惊喜的表情,他找到了自己最初的样子,也找到了那张只属于自己,也区别于他人的面孔。

当孩子在一个温暖的包容的怀抱中时,恰如处于一个皇宫。而放逐般的成长,确如流放、流浪,有他必须承受的悲苦,必须面对的世相,必须在不断放弃中寻找的新鲜的自己。

列车没有停下来,诗人心灵的或现实的"哈达铺"还在远方,等待抵达无法选择和确认的终点,既是一种结果,又恰如一次判决。

(三姑石)

大海真的不需要这些东西

/姚风

在德里加海滩，大海
不停地翻滚
像在拒绝，像要把什么还给我们

我们看见光滑的沙滩上
丢弃的酒瓶子、针筒、卫生纸、避孕套
我们嘿嘿一笑，我们的快乐和悲伤
越来越依赖身体，越来越需要排泄

但大海真的不需要这些东西
甚至不需要
如此高级的人类

（选自微信公众号《猛犸象诗刊》2022年1月23日）

评鉴与感悟

这首诗关注的是人类的命运。

"在德里加海滩,大海／不停地翻滚",这是诗人关注的大海,也是诗人思想的大海,诗人在此停驻,看一朵朵浪花盛开,熄灭,再盛开,再熄灭。大海不停地翻滚,"像在拒绝,像要把什么还给我们"。

诗人似有无所作为的沮丧,又有无能为力的羞赧。诗人个体的小,大海本有的大,似已跃出纸面。然而,他没有因为身影的渺小而躲避,而是勇敢地迎向大海,迎向属于自己的命运。而大海的辽阔和不测中,似藏有人类待破解的许多密码。

加缪说,对自然的反叛等于背叛自己。

诗人一次次走向自己的内心,一次次发现了令他惊悚、惊骇和惊魂的现实之殇。"我们看见光滑的沙滩上／丢弃的酒瓶子、针筒、卫生纸、避孕套"。这是诗人不愿看到的看到,也是我们不忍卒读的读到。

透过纸背,我们似能看到诗人皱起的眉头、凝神的双眼,也似听到诗人在大三八牌坊前的沉闷脚步声。作为自洁者,我还听到了诗人身体的兵营里,传出了集合的号角。

诗人在自己的快乐和忧伤里有足够的清醒。

"我们嘿嘿一笑,我们的快乐和悲伤／越来越依赖身体,越来越需要排泄"。诗人所有的鄙视里似从没有放过自己,他以自嘲之"嘿嘿",表明世人之于自然不恭、不敬、有意亵玩的荒谬。同时,诗人似又揪住放浪形骸的自己,要把自己已经习惯的偏好——日常的"排泄",毅然决然地丢掉,丢得无影无踪。

诗人无奈于自然破坏者的破坏之举,无奈于大海抛给自己的"礼物",无奈于那一声声咆哮中有待于分清的忠言、善意和警告。

大海有它的宽阔和驰而不息的波澜,它包容了我们的许多不逊,埋葬了我们的许多不忠。同时,它也以愤怒者的姿态还给了我们许多不敬。

"但大海真的不需要这些东西／甚至不需要／如此高级的人类"。这最后的诗意够狠,似一棒子打来,无法躲闪,疼或者伤,不能避免。(三姑石)

那个夜晚静悄悄

/尤萍

凌晨一点三十四分，我听到
钥匙转动的声音，一遍又一遍
是隔壁找不到那把正确的钥匙
还是一个喝醉的人找不到家
甚至是有人试图打开我的世界
我怀疑这一定是真的
无边的想象让我恐慌焦灼，如果
下一秒有人破门而入
我一件趁手的武器都没有
我踮着脚，猫在门后
我早就把自己活成了一把刀

（选自诗歌公众号《北野诗歌》2022年12月9日）

评鉴与感悟

"那个夜晚静悄悄",具体到"凌晨一点三十四分",夜不能寐的女诗人"听到/钥匙转动的声音"。这多像一部恐怖片中的镜头,表达出生命境遇中的恐慌与焦灼,表达出一种普遍的又很少有人在诗中呈现的不安的意识与情绪,是这首诗的意义与价值所在。深夜,难眠的辗转反侧中,很多人都在意识的深渊中打捞那把能打开心结的钥匙。的确,生活境遇中,很多人都会有不少偏向于恐惧一方的假设与推理,其实面对命运的风吹草动,我们真正的武器是一颗平静笃实的心,真的不必"把自己活成了一把刀"。(李木马)

默契

/余怒

没有一种表情可以描述我们。塑像、画像和
明星代言（端庄矜持的形象大使），别错认为
是我们。（你捕捉水中鱼，总抓不住。两种
透明介质间的折射率骗了你。它不在那儿。）
双重生活带给我们困惑。双关语。文学隐喻。
出于礼貌的寒暄。客服对你的回答或机器人
的自动回复。尤其是那些漂亮话（拯救世界、
神圣使命、无私奉献，等等）。我们假装
吃饭睡觉工作，与人握手交谈接吻；摆姿势，
让人拍照。由我们扮演我们，当然很像啰。
得益于人与人之间话语的力量——爆发力和
表现力，"说"和行为上的默契。而一旦
察觉到唇舌失语，我们会发现，还有纸上文字
可用。咬破手指，在情书末尾留下一枚鲜红的
指印（就按在你谦卑、亲昵的自称上）。请嘉宾
在留言簿上签名，引导他们留下几句友爱、雅致、

虽有些夸张但合乎场合的赠言——他们会配合的。

（选自《江南诗》2022年第6期）

评鉴与感悟

一开始就是判断："没有一种表情可以描述我们。"我完全赞同。"我们"究竟拥有多少种表情？诗人用排除法，表明"我们"不是"塑像、画像和/明星代言"。这三个名词的词义，读者必须从头至尾弄清楚。只有弄清楚词的真正含义，你才能明白诗人的表达是什么（精确地理解词语始终都是理解余怒的关键钥匙之一）。随后，诗人在括弧里对排除进行议论。陈述的同时又对陈述进行分析，这种方式或会伴随诗人一生。紧接着，诗人缩小范围，从"双重生活"下手，一路延展而去，把生活的虚假性剥离出来给你看，并且自嘲，"由我们扮演我们，当然很像啰"。最后探讨话语与失语。嘉宾赠言"虽有些夸张但合乎场合"，但"他们会配合的"。这种批判与前面的自嘲构成了呼应。（桑克）

篝火协会

/臧棣

仿佛可以这样整理
空虚的生活对记忆的压迫：
浩瀚的星空下，只剩下那堆篝火
不曾熄灭，一直试图用闪烁的
火的手指，从原始的黑暗中
勾勒出你的剪影。五百年过去，
前生的桃花飘香，后世的雪山光芒
耀眼，比孤独更巍峨
一个人的纯洁；世界的迷宫
突然裂开了一口子，只需向前
跨出几步，就能触摸到
那堆篝火正在用乌黑的睡眠
等待着你的脚步。要怎么比较，
我们最后的得失才会进入
宇宙的谅解：当世界只剩下
那堆篝火恰巧等于
你突然醒来，也只剩下那堆篝火。

美妙的温暖来自火焰的精确，
仿佛可以这样重温那神秘的安慰：
有篝火的夜晚才意味着
时间真正接纳过我们。

（选自《江南诗》2022年第1期）

评鉴与感悟

读臧棣的诗总是感到有一种语言被神秘繁衍的自然力量。就像这首《篝火协会》，写自我对生活处境的感受，瞬间通过比喻把生命的位置转换到"浩瀚的星空下"。似乎找到了生命的本位，自然的一部分，甚至是自然本身。臧棣用夜晚篝火的不熄和光亮来隐喻生命所处时代的孤独状态。接着他又把生命转回"五百年"的历史长河，为了引申通往未来洁白"雪山"，一条时间延长线上灵魂所处的位置。那种超越了孤独的"光芒"和"巍峨"，通过一种神圣感又把诗意拉回到"纯洁"，可以让"世界的迷宫，裂开一个口子"，给理想主义一把利刃的词语穿透力。从内心感受到星空下一束火光，臧棣在这首大格局的短诗里，从现实到超现实主义写作方法的精彩表达写一种人类的愿望，类似"宇宙的谅解"。

光明

/ 臧海英

光明还是出现了。在我背阴的房间
今天早上。当我抬眼看见
对面丽枫酒店的玻璃幕墙上
一个太阳在闪耀。虽然是个小型的
一束真实的阳光,经由它
反射进来。我就相信了
我匮乏的生活,光明没有缺席
只是转了一个弯,奇迹般地
照在我身上

(选自微信公众号《猛犸象诗刊》2022年6月17日)

这首诗能让我们看到，诗人一直鲜明地站在诗里，宣布或宣誓她的主权和立场。

有一种相信，暖意盈怀。

"背阴的房间"是孤独、寒冷、悲怆的安放地，这是客观的现实，主观努力似乎无力回天。这种状况是常态，是宿命，也是现实之窘、之伤。

然而，"光明还是出现了"。这是迎面而来的温暖，是豁然开朗的畅快，不容拒绝。诗人向我们传达一种执着的信念，不放弃、不抛弃的一种精神，一个"还"字，强化了这一情境和效果。

这让人不由想起舒婷回答北岛《一切》的诗《这也是一切》。那成串的排比句，形成了排山倒海的气势，让我们相信明天，相信理想，相信希望。在这里，诗人强烈地相信光明。

有一种感恩，如此美好。

诗意达成的介质，乃是"丽枫酒店的玻璃幕墙"，也是这首诗诗意形成的机会，更是诗人建筑这首诗不可或缺的支撑。可以说，没有这面"玻璃幕墙"，这首诗也许不会生成，即使生成也不会是一首好诗。

细读此诗，会发现诗人所有的笔墨都饱含着深深感恩。阳光、玻璃幕墙，以及那神奇的"只是转了一个弯"，这些成就了她弥足珍贵的、仿佛天赐的光明。

诗人没有嫌弃太阳之小型，没有奢望要大太阳，只是感恩于一束真实的阳光，反射进来就够了。正因为有了这面玻璃幕墙，匮乏的生活迎来了转折、改变，这就够了。

有一种力量，源自孤独。

臧海英的诗似乎都是在孤独的闺中的制造，似无情感肌理，又时时在挖掘、打磨和唤醒沉郁的情愫。她的每一首诗，仿佛都是一对矛盾体，在对立中寻求艰难的统一与和解，力求达成一种爆破或爆炸的力量，《光明》如是。（三姑石）

黄河如是说

/张海梅

从高而陡的坝堤上
试探着被大风吹倒、跌落
看看能溅起多高的水花
试探着陷入沼泽
是呼救声先到
还是先站稳身子,拔出双脚

草根自由、任性,有时将皮肤勒伤
伟大与柔性,亘古不变、重重烽火

包罗、开合、超脱
博爱之间
母亲河多像站起来的一片海

(选自《山东文学》2022年7期)

评鉴与感悟

"黄河之水天上来",亿万年来,万里黄河自西向东,一路狂奔,去实现与大海的会晤,完成命运的约定。前两节的"试探",呈现出黄河一直在路上的种种细节——怒放的"水花",执着又刚正的"双脚",诉说着淌过人世间的一切。"是呼救声先到/还是先站稳身子,拔出双脚"?随口而问,却令人沉吟再三。"伟大与柔情,亘古不变","包罗、开合、超脱",更是一如既往,耀然千古……于是,看啊!"母亲河多像站起来的一片海"!你只要从下游眺望过黄河,就会陡然悟到,这里站起来的不仅是幻象。(张庆岭)

致诗神

/ 张慧君

诗神，请你帮助我。
诗歌像不尝不知的甜美蜜水，
我尝过它的滋味，愿一尝再尝；
又拜服于如凌驾一切的飞鹰的诗。
请你帮助我进入诗国的竞技场，
它的深处荡漾着友谊的芬芳，
好让喜悦透过我的眼珠。
我掂量着自己的积蓄，
想去燃烧，去白热化，歌吟般写诗。
我想，较量技艺而输了的人，
不会可怜地变为喜鹊。
我还揣摩你，对反对、嘲笑、
蔑视或亵渎你的人，
你不会去审判，去惩罚，
更不会施以酷刑的暴力，
不会爱听鬼哭狼嚎般的凄惨喊叫。
你理解又深入最黑暗的和最明亮的，

精神的黑夜和白昼，
你比个人更人性。
不认识你的人也有他们的途径。
我呢，在自我的窗台上摆上
一盆热情之花，它晒着阳光；
思考，如何才能让一首诗离开
狭小的空间，进入文明世界？

（选自《江南诗》2022年第6期）

评鉴与感悟

  一个诗人即使没有给诗神写过献诗，至少也在私底下对诗神说过什么（包括祷告）。在《致诗神》里，诗人开宗明义，"诗神，请你帮助我。"诗人请求诗神帮他再尝尝诗的"甜美蜜水"，帮他"进入诗国的竞技场"。诗人自己也努力着，并且希望"较量技艺而输了的人，/不会可怜地变为喜鹊。"这种希望值得反复思量。也许不应该存在这样的竞技场？诗人描画的诗神，"你理解又深入最黑暗的和最明亮的，/精神的黑夜和白昼，/你比个人更人性。"与其说这是诗人描画的诗神，不如说这是诗人内心追求的外化。它甚至宽容到："不认识你的人也有他们的途径。"美好！结尾谈到诗人自己的选择，"在自我的窗台上摆上/一盆热情之花"，让诗"进入文明世界"。"文明世界"一词让人百感交集。（桑克）

冬夜在大剧院听《菊次郎的夏天》协奏曲

/张小末

总是经历几场暴雨
夏天才会降临

乡下小镇,虫子鸣叫
雨滴在植物的枝叶上奔跑

声音有不同的状态,时而凝固
时而流动

这是一个中年男人
和一个小男孩的陌生旅程

我听见一小块悲伤,一小块
善意的玩笑,一小块对陌生和未知的渴望

在冬夜,我与孩子们一次次
为这小小的欢乐鼓掌

仿佛我们所渴望的即将来临

(选自《江南诗》2022年第4期)

评鉴与感悟

张小末的诗歌我多有读过,语言细腻优美,情感克制坚忍,善于透过庸常的生活表象,抵达诗歌和情感的深处腹地。《菊次郎的夏天》我们耳熟能详,这首诗讲述了"这是一个中年男人/和一个小男孩的陌生旅程"。"乡下小镇,虫子鸣叫/雨滴在植物的枝叶上奔跑",暴雨后的一片祥和、动人的自然场景。"我听见一小块悲伤,一小块/善意的玩笑,一小块对陌生和未知的渴望",从音乐里流淌出的画面感,又隐藏着一个中年男人和一个孩子的微妙关系。悲伤和快乐交织着,这命运馈赠的美好遇见,这仅有的欢乐时刻,所带来的力量,足以带领我们穿越冬夜,"仿佛我们所渴望的即将来临"。如一位诗友对张小末的诗歌评价:"绵软的哲学"。她擅于通过对生活细节的敏感捕捉,在"生活的修辞学"的修炼中,提取人性的闪光。如她在另外一首诗《生活研究》里所写:"仿佛他们才是生活的真谛:平静却陡峭"。(卢山)

九码头

/ 张执浩

从宜昌九码头乘小客轮
上溯至秭归三斗坪
再沿香溪河前往高阳镇,这是
我最为熟悉的一段长江水路
每一次路过时都能看见
两岸疾行的青山,峡江如练
在身边翻卷,人间越来越遥远
有一回在九码头,同伴与三轮车夫
发生了争执,差点引发殴斗
我护住身怀六甲的妻子躲闪
在人群中。这件事
我后来对女儿讲述过
但我没有告诉过她那才是
我心目中的九码头,而不是
现在的高峡平湖,江水仍在流动

心藏漩涡的人早已适应了现世的安稳

(选自《江南诗》2022年第3期)

评鉴与感悟

"万物皆可诗",对日常的停顿、凝视、玄思,在这一方面,张执浩无疑是一名深情而思辨的强力诗人。这首诗,同样彰显了他自成一派的诗歌美学,即对日常的高维提纯和多重变奏。"九码头",作为一个具有丰富象征意味的地域性符号,承载了无数远去的乡愁和码头文化构建起来的古老江湖。在这首诗里,它就像是一艘时光机客轮上的一面透视窗,展示着长江图腾庞大体系底下一段被浓缩过但颇具隐喻浓度的场景。诗人自述了一个关于冲突的事件,即同伴与三轮车夫的争执,以及他护着孕妻的记忆片段。在诗里,一个记忆世界的现实冲突,延伸到他和女儿,对于"码头文化"认知感受的冲突,那是"新"与"旧"观念的冲突。但远不至此,这些显性冲突之下,隐藏着一个更为强劲的关于生命哲学的隐性冲突,即一个"心藏旋涡"的人,如何与存在里的庸常、虚无、重复做对抗与和解。这种多维的折叠式呈现,无疑是迷人的。(林宗龙)

屋檐水

/张中海

总是在夜里，说来就来了
似有似无，不紧不慢
接着就急骤起来。或者相反
滴答——滴答——显然是上一世纪的
事情了

麦秸屋顶冬暖夏凉
坯墙却怕水泡。人民公社的地堰
也不禁风吹雨打
总是这时候，父亲就回来了
引水的铁锹，淋水的蓑笠，可还挂在
旧时檐下？

一场能使屋檐水织成帘子的雨
足以让庄稼喝饱
却也使集体生产的豁口
越冲越大。可这

与我无关，我只趴上窗棂，寻找

上一次、再上一次

发山水时的动静

有点希望，又有点失望

全然不知，檐水砸在石阶上的

小窝，就叫

岁月……

（选自《人民文学》2022年第8期）

评鉴与感悟

这是一首令人动容的回望之诗，老诗人在对故土深情的回望中，让我们生发出令人心头一热的感动。有过农村生活经历的人，都会记得屋檐滴落的雨水像一面水珠的帘子，孩子趴在窗口望雨，雨后是田野、庄稼、树木，是地平线或者起伏的山峦，也是孩童对世界美好的向往与瞩望。屋檐水，是怀旧的事物，滴滴答答的回忆，仿佛是氤氲潮湿的。下雨的夜晚，披着蓑衣的父亲进屋，把肩上的铁锹靠在门后，多么熟悉而亲切的场景，一晃就几十年过去了。檐水，沙漏一样，漏走了光阴，但漏不走亲情与记忆，而"檐水砸在石阶上的/小窝，就叫/岁月……"（李木马）

轨道

/周簌

他们偶然出现，在淡琥珀色的下午
无以名状的意识中
阳光析出羊茅微紫的尖芒
毛绒明亮着，跳跃，紫雾一样的色块
路人从他们两侧走过
而后又并肩在一起。微妙的轻松
他们坐在羊茅丛下的阴凉里
分吃了一个橙子。燥热的旷野
突涌一阵愉悦的清凉
他们的相遇，像是为了更好地分别
贫瘠的生活，难以支撑灵魂的想象
距离之美的尽头，是黯淡的荒原
他们曾经因灵魂的契约，一路同行
又在一条岔路前
极速走入两种不同的孤独
荒原之上，一盏孤灯。熄灭
爱，曾令他们丰饶，卑微

爱也曾令他们，最终回到各自的轨道

（选自《江南诗》2022年第5期）

评鉴与感悟

　　这首诗并不难懂，写了一对曾经的恋人，偶然相遇，然后又分别的故事。我喜欢这首诗里对色彩的处理，为这首诗塑造了一个暧昧而又感伤的氛围，有很强的画面感。值得一提的是，这首诗在叙述中插入了一个情节，就是这曾经的恋人"坐在羊茅丛下的阴凉里"并"分吃了一个橙子"。虽然对"分吃了一个橙子"的过程没有更多的细节描写，但是这个情节的插入丰富了这首诗的层次感，使这首诗的抒情不至于过于平滑，反而增加了读者的联想空间。从这首诗的语调上看，这对曾经的恋人应该不是因为某种不可调和的矛盾而分开的，他们的分开更像是各自对所在的"轨道"的坚持。显然，这样的坚持也使得这首诗更具张力，有一种"无以名状的"情感力量。（杜鹏）

第三辑 名家解读
他家在落日后面

于坚的诗(一)

古代
洪水登基　泛滥　拆迁　改道　退位
两岸废墟茫茫　只有碑上的文字和
村头的石碾子依稀可辨　原住民扶老携幼
再次返回故乡　起火　上梁　筑墙　贴门神
打井　铸犁　播种　七月流火九月授衣
曰杀羔羊跻彼公堂称彼兕觥织布
蒸馍　喂马　养狗　当它们在月光下交配
他们回到黑暗的窑洞里　等着洪水或秋天

冬原
一头雪豹想象中的卧室白色的大床
沙发电视机和大理石冰柜它走过
捻着黎明的剃须刀留在平芜上的残髭呵着气
沏出一杯蓝色的茶它听见今天的新闻
矮桌上放着一对塑料眼珠浴室的灰门开着
弥漫出诡秘即将出事某个疯狂的夏天已经脱光

但我无法身临其室虽然一切是那样合适
脱俗甚至可以脱下它的皮子擦去那些怪诞的
花纹
收起獠牙让它喷出零度的焰火照亮纯洁

雪后
暮色戒严冬天北郊辽阔如抗议者散去的广场
抗议过什么在那些玩牌者的时间中在厨房
当冰箱沉睡当筷子掉在地上勺子发亮
几根瘦铁轨在雪堆上翘着一只翻倒的高跟鞋
失去了袜子在回忆中事物的价值不在表面
不在这些偶然的凸出处瞧教堂之顶也在沉沦
矮小的十字架还能指引什么重量在黑暗里
汽车停了到达终点死亡终于促成美丽的静止
钟挂在落日中隐约有歌声星星不断地加入到
那个永远沉默的合唱团月光如水这句不朽的
汉语
再次出现在大地上谁也不能再置地乘着勉强的
稍纵即逝的整一有人在虚构大宅有人在语词中
搬弄石头家具卧榻发现新的营地

洛阳
我以为现在提及诸神正当其时当电梯下降
坠落中的塑料袋在顾客们的背影中喜气洋洋
光芒刺眼　玻璃窗上滑过节日之脸　他们
不再迷信《论语》《诗经》落日和桉树
当他们遗忘了那些已不存在于现实的名
当他们站在灰色的人行道呼叫另一辆出租车
当高铁在漫长的冬天出站驶向伯利恒和纽约
我想提及那些遥远而黑暗的汉字书　所指隐匿

笔画活着　在幽暗的洛阳那边楼宇巍峨
"其宫室也体象乎天地经纬乎阴阳据坤灵
之正位仿太紫之圆方树中天之华阙
丰冠山之朱堂……"

敲门者
又来敲门了
又穿着拖鞋走去开门
没有谁　敲呵敲　每次接到命令
都要小跑去开　有时还光着脚
不开可不行　如果敲门者是鬼呢
如果是父母呢　如果是快递员呢
如果是警察大人呢如果是她呢
春天可不能错过就是派风来敲
也要马上去开　在中午　在傍晚
在三点一刻　在六点十分在酷夏
乌鸦满街的深夜　又响了　敲得那么
信誓旦旦　没有谁　事实从未兑现
声音也是假的我只记得时间开门后
那片漆黑的荒野总是令我深怀满足
最担心的是　真有个东西　他妈的
站在门口　"我来看你"

梅花
谁的粉红色星星
悬在古老的胭脂天空
唐的深邃从未被革命推翻
历史的灌木是幽暗的
我可以像上帝或后妃们那样
俯身察看并闻着探测毫米的

刁钻鼻孔　可还是得不到事实上
父亲们从来不知道自己想得到什么
而它必须在场在春天的边缘地带
一盆罗汉松之侧人生不能没有梅花

飞鸟集

FEI　NIAO　JI

泰戈尔的《飞鸟集》
是诗人必读书
"夏天的飞鸟
飞到我窗前唱歌
又飞去了"
在加尔各答的展厅
我见过他一张照片
身强力壮
正在练哑铃
在中国
与几位穿长袍
从来没练过肱二头肌的
文豪
站在一起
泰戈尔有点尴尬
他完全不像一只飞鸟
一头瘦精干巴的
古铜色大象
有着飞鸟之心

乌鸦与喜鹊

喜从天降　这个慷慨的黄昏终于让乌鸦
落到那棵灰色的桉树上　它的第一只鸟

耀眼的黑暗　停在三根或五根树枝之间
自己衔着一枝即将为这棵幸运树带来巢
忽然神圣了　近在咫尺我们忘记晚餐
像修道士那样去仰视　瞧　一只乌鸦
不是　是喜鹊雀形目鸦科鹊属的一种鸟
智者说　喜悦因此更精致地在我们之间传递
叫乌也可以叫老鸹也可以　叫乌鸦也
蛮好听的　能指不同喜感也不一样

一部意大利电影中的若干镜头
黑手党教父晚年住在
高山之巅旧城堡岩石
荡妇　贞女　儿子面包和
小教堂下面是大海和沉底的船只
落下的太阳　老掉的鹰　干掉的
暗红色葡萄酒瓶最杰出的风景
与他的罪过那些海洛因重量相称
上帝的安排最高的事业都只关于美学
的深度他坐在阴暗的石头后面
沧桑之脸因邪恶而迷人　酷
好电影总是有最肤浅的结局
一位警察在剧本的结尾
优雅地拔出汽车钥匙
开始剥着一个煮熟的鸡蛋

（选自《北京文学》2022年第8期）

于坚的诗(二)

在西宁理发

你不想蓬头垢面　你不想披头散发
野火烧不尽　春风吹又生　理发店永远
人满为患　谁也无法阻止头发生长
谁也无法为头发定型　要像个人样嘛
就得把这个脑袋
全盘交出　理发师
表情高深莫测　他到底要干什么？
晃着亮闪闪刀剪　脖子近在咫尺
头发飘飘的好时光　我有过不少邪恶念头
也曾对着高山想入非非　十块钱一场的
启蒙运动　通过一把小推剪　取代了风
工具掌控这个脑袋　不问出身　不问含义
无论密度　长短　颜色　黄头发　红头发
黑头发　都要打理　规定的美有限
只会剃三种　光头　平头　要么烫烫？
冰凉的手指将我的前额一次次掰正

刀光掠过眉心　　就像历史上那些刽子手
在捉弄佞臣　　大师　　我不是　　从童年
开始　　就有点怕你　　当你逮住我的脸
去照镜子　　就像中学考试刚刚结束
摸着脑袋　　哦　　这位容光焕发的陌生人
是谁？这只茫然的羊在想什么？
理发店在遥远的西宁　　也可能是理发匠
云集的那不勒斯　　一条背街　　隔壁是
杂货店　　摩托朝着正午的集市驶去
在那儿　　人们热爱羊肉　　女人和酒　　后来
我精神焕发　　失魂丧魄回到草原　　西宁城
为草原环绕　　它们总是飘着白云
草原啊草原　　谁又能为你剃度？

强巴舅舅的肖像
那时他刚刚征服了草原　　生命最强大的
一瞬　　血液中的马群发着红涌向面部
一束光将他打造成青铜强巴　　那么自信
三百头牦牛的舅舅　　他不知自己已被时间
加冕　　成为秘密的青海之王　　天空威武
他靠着一座帆布帐篷　　仿佛是靠着一座
城堡　　仿佛他是站在罗马的大理石圆柱下
世界一般只知道凯撒　　不认识这个牧马人
裤脚上沾着些牛粪　　脏　　还有点臭
当他回首青海湖时我按下了快门　　他牵着
他的骏马转身走向草原　　他家在落日后面

屠夫
星期天的西宁城有个年轻屠夫
遵循祖先的办法　　放血　　拔毛　　开膛破肚

宰好的鸡　一只只陈列在案板上
光明磊落的刽子手　无罪　日日造福人类
此刻他搭手在门框上张望集市
买鸡的人就要来了　就像这个正午
古老　结实　饱满　自信

女裁缝

在遥远的西宁城
故事与我故乡一样
从前有个女裁缝站在店门口
等着她的下一匹布　忘记了拔下
电熨斗的插头　她一生总是在吃这种
漫不经心的小亏

秋天的阵雨落在塔尔寺……

秋天的阵雨落在塔尔寺
红墙与白墙之间
未带雨伞的僧人
提着长袍跑过

阿多尼斯

从前一个早晨我们相遇在青海宾馆
你起得早　我也起得早　口干舌燥
现在是喝上一杯清水的时刻　那时候
曙光刚刚发亮　我们为失去了语言而释然
在走廊上碰掌而笑　一块被光辉擦亮因而
失去了隔绝功能的玻璃照亮我们
或者是我们照亮了它诚实的一面
那长廊直达餐厅　看不见青海湖
但光肯定是它的　后来你走进向下的电梯

翻译说你是叙利亚人　我看不像
倒像云南山区的某位已经逊位的土著酋长
我的另一位父亲　哦　你的白发
下面藏着精选过的火焰　幽暗的斗士
早已摆脱红色　电梯门关闭后还在燃烧

小村子
云南高原上有些小村子
总是阴郁　阳光在那儿不再明亮
村子后的山坡上有棵松树被选为神木
巫师决定的　他知道水源　命数
有些人家养着一头牛　一群羊
有些不养　有些种了土豆　有些
种了荞麦　有些家庭举办了婚礼
工作与时日漫长
但不影响建筑　音乐　爱情　快乐
和腊肉的质量　秋天
那儿挂满金黄色的玉米棒子
这是它最耀眼的集结
离所有道路都太远
我们只能在车上遥望

访桃园
通海县一中教语文的杨老师说他有一位学生
在山上种桃　仙人之举呵　就去拜访　桃园嘛
何况正是夏天　何况想起了杜甫"可爱深红
爱浅红"何况雨后　彩虹刚走　何况那时他
正在一边摘桃子一边瞅着一只越界的松鼠
仙风道骨不会来自下界　何况他像是一幅山水
画中人　一间平房　窗户里看得见洁白床单

门口堆着柴禾　水桶　锄头　白云　屋后长着
毛竹　走出树林迎接我们　像一头不谙世事的
麂子　元亨利贞　大地的秘密生长依旧沿着
远古制定的路线　逆来顺受　当山阳开矿挖路
万物转移到山阴　桃园　不算幽深　乐于与人
沟通　左边石头下有泉　右边长着桉树　马尾松
年纪最大　菟丝子　蝙蝠葛　萝藦缠绕着一座
粉红小庙　与滇朴为伍　蜘蛛网在大堂里闪着
微光　香火燃起时　案头的供果就亮起来一阵
观世音在白云中垂目观看　铁路大桥向北切入
山内部　留下呻吟中的山谷　"那是一条龙"
周洋说　农家后代　大学毕业回村　山神告他
爷爷种的三百棵桃将死　就背叛了教育　同学
纷纷背井离乡　去终古之所居　不思进取　守着
根　灼灼其华可以　无法致富呀　不顾　他不是
陶渊明　只是要当个蟠桃孝子　"我不会再给你
什么了　你要劳动去做诸神为人类规定的那些
活儿"　"长到成年之后　你要娶个妻子　三十岁
左右　上下相差不要太多　对男子来说　这是
适合结婚的年龄"　巫师赫西俄德说　弯腰拔草
跨度与他的古铜色彝族父亲神似　孤独的冷门
青年　白衬衣　耐克鞋　牛仔裤　扛着锄头
天亮上山　浇水　挖沟　修枝　培土　21岁
还不到　晒成了古铜色　胳膊比天神共工的稍
细些　忘记了科学　像他爷爷那样　"精心管理
于凡人最为有利　灾难之尤是管理不好　如果
俄林波斯神赐你美满结局　成熟的麦穗　将会
弯弯地垂到地下"星期一　母亲又织得一小块
麻布　够做一个口袋　屋顶冒着炊烟　公鸡叫了
九次　过后又叫了十三次　桃子就是桃子　风尘

仆仆　虫咬人弃　桃之夭夭　为了再次在大地上
成为一个桃子　好不好吃就由不得它自己啦
只管起风时抖抖叶子　让下面的六根保持清净
湿润　不要赶走蚯蚓　等着刘关张来结义　脑门
被树枝撞着　啖桃吐核　饮了山泉　韦介擦擦
嘴角　空园种桃李　陆羽啜口茶　千竿不作行
少浮道　古寺藏老钟　真卿曰　守道心自乐
下帷名益彰　裴修说　风来似秋兴　赵凡云
新果犹旧颜　马云说　好风在山峪　和达接
图画天自成　杨教员提醒　每天有一趟火车
会在6点15分过　之白语：一切美都是悲剧
人只为愀然而生　傍晚在山坡摆了一桌宴　他
父亲酿的酒　他养的鸭　他种的莲花白　他
摘的花椒　他挖来的土豆　大家收获的荠菜
（曾在山崖上漫游　左右采之）他妈妈纺的
桌布　他妈妈蒸的馒头　他妈妈腌的萝卜
谢了　林迪又喝多　忘记青山没有沙发　摔
倒在短松岗　一直待到月亮睡醒　哦　桃园
诸神隐匿时　它身上洒满月光　为此　乌鸦
亲吻了黑暗　虫子各自在家中唱歌　何时能
重返　不知道　得过且过　自得其乐　自古
如此　好自为之　居士　手机照出归途

（选自《青海湖》2022年第6期）

于坚的诗（三）

率彼旷野
一只乌鸦运来了冬天　投下可称之为忧伤的
瞥　率彼旷野　去秋的残局还在善后　总是
有景色　等着弋游者凭吊　随西风　唱支
老歌　美在消亡　荒凉绘声绘色弥漫山坳
孩童　诗人和疯子的三位一体　分岔出无数
小径　有些看不见　冬至　万物孤零零
回到了坚贞不屈的骨骼中　枝干明确　删繁
就简　树根上　团结乡的鼹鼠高视阔步
雾起无名处　并非诗的创意　凹下的坝子上
传来催命的打桩声　一只狗跳回地老天荒
事故导致新生命　三年前就插在老玉米地上
的锈犁头　还在沉思　翻倒的旧卡车中
仪表和轮胎正在皈依　短命的塑料袋呵
无人乐意掩埋　我迷信着过去　那唯美的
布局　土壤是红色的　天空是蔚蓝的　风
知情　两股被遗忘的车辙穿过山岗　标出

从前乡宴的道路　鸟鸣　北方人说是布谷
斯蒂文斯说是乌鸦　我觉得岩石缝下面藏着
科恩的流水　莫衷一是　冷冰冰的语言
找不到暖和之所　"直视千里外　唯见起
黄埃"（鲍照《芜城赋》）　我不信任
古老的雄辩　我信任果实　充实之谓美（孟
子）　我关心的是王摩诘的写作　莫叫居士
意冷心灰　搁笔在我的时代　拜托了　队长
听得见吗？　逆来顺受　生生之谓易　万物
再次适应沧海桑田　容忍推土机也接纳种子
必须的　否则天空也会跟着恐龙跑掉　春天
呼之欲出　好兆头含苞欲放　如果将那块
关着的云打开　醉醺醺的诸神就会掉出来
到处撒泼　通向曼陀罗花的小路看不见了
去年今夜　曾在途中向一轮皎月示爱　摇身
一变成了苜蓿地　另辟蹊径被悬崖拦住
灰兔和山鸡总是要逃之夭夭　唉　亲爱的
别怕　写诗不是施工　表白是无效的　塌方
从不解释　总是有铁丝网悍然出现在犹太人
缺席处　包着红头巾　修枝的妇人都是土著
抱着柴　弯着腰走　婆娘　你的裤带掉了
奉命将朝南的枝条剪掉　谁知道工程师
是不是色盲　吃错了药　挖一些坑就开会
去了　他们在房间里发誓　要设计出新废墟
危巢四伏　得小心啦　不要朝那边走　少年！
"暮春者　春服既成　冠者五六人　童子
六七人　浴乎沂　风乎舞雩　咏而归"　孔子
指的道是这条　"于是维吉尔在前走　我在后
跟着"　争论了一束长歌而去的彩虹　说是锦
鸡　说是凤凰　巧言令色者的游戏　千年来

从未收获过一粒实物　差点儿被一窝藿香蓟
绊倒　老鹰在天空后退着　从腾空而起到悬
空　到当空　到高空　到远空　到空旷　空
荡荡　空　退回乌鸦可没那么容易　记着
灾难不是被进步而是后退遗弃　落伍才会
孤独　夕阳再次出现于颁奖台　不要说话
大地反对饶舌者　率彼旷野　屈原有三种走法
甲，帝高阳之苗裔兮　乙，纷吾既有此内美兮
又重之以修能　丙，去终古之所居　但丁的
经验也是三种　母狼　豹　狮子的　无论
如何　陷阱乃是天设　总是步履踉跄　总是
踟蹰　总是在失忆　总是在迷路　总是要
失足　这一次能否在天黑前　吃上晚餐？
反对无生命的钟为时间指出下午的七或六
暮色苍茫时　一切自会隐退　拜秋天慷慨
之赐　脚下总是在响着干树叶演奏的布鲁斯
沙沙　嘶嘶　未知生　焉知死　趁暮色正浓

不懂

罗兰·巴特的学生尚塔尔·托玛
在《我的老师罗兰·巴特》中说
"我以前很享受学生生活　不懂
为何学生生涯有一天终须结束
为了过渡到坚实牢靠的现实面例如
就业　建立家庭　就得以安定？
满足的生活所必须承担的双倍烦恼
来填饱肚子？　就必须勤劳早起
日复一日　在同一条线上来来去去
每晚回家睡在同一张床上
最好也要同一时间就寝

每十到十五年就换个枕边人
（却避不开风险与撕裂　离婚
与诉讼损失房产　孩子权益归属的
重新分配　令人苦恼的收入支出清单）
愁绪满怀　对于'长大成人'这件事
我兴趣全无　也许只是因为我
没有能力去面对　但这不重要
重点在于别让我们陷入与自身
不合拍的局面。"　勒口上
的照片显示　这位不懂的学生
相貌英俊　孔武有力　文质彬彬
正是那种供不应求的高才生
我也不懂……

大学时代

图书馆　动物园　旧货市场
大学时期我常去这些地方
有时也走下人行道　去街心花园
瘦而苍白　爱情时光　我以诗歌虚度
我站在通往菜市场的小路上与柏拉图辩论
我不喜欢他独身　但一直在模仿那些独身者
与女同学坐过一些下午　我游泳　在月光中
偶尔会遇到李教授　他的普通话相当流利
一直在避免别人识破他的方言　他独身
令我不寒而栗　我经常拎着一个黑色的塑料袋
里面装着大师的遗著　喝水的口缸
还有天热脱下的毛衣　鼓囊囊的
毕业那天　我走下长长的台阶
就像一个18世纪的刽子手　提着自己的头

WU YA（乌鸦）

那棵树上有一条通向内在世界的小路

那只乌鸦正在走　踱步　蹦跳　敲着树枝

像一个黑暗的小孩在拍打死去的篮球

那不是常规路线　要抵达那里　你得想象一个

在老橡树的躯壳里做活的木匠　他的斧头

他的工艺　他的收入　他的乌有之乡

那个喜欢乌鸦的人总是见不到乌鸦

黑乌鸦并不存在　黑色的东西只是羽毛

命名误导了他　没有黑乌鸦　天下乌鸦

也不是一般黑　所有黑色的羽毛下面

都是苍白的皮肤　会流血的肉和幽暗的骨头

他跟着巫师诅咒天空　要求释放它

让那黑暗飞出白云　让那只黑鸟出来吧

神呵　他写道：　一只乌鸦　不是鸟　只是

一只乌鸦　只是WU　YA　WUYA　W　U　Y　A

一个声音说着WUYA　微不足道的乌鸦

墨水瓶中的乌鸦　26个字母中的乌鸦

他用巫师那种写法　不断地写　一只乌鸦

一只乌鸦　他创造隐喻　他笔指天空　模仿

飞翔　一只乌鸦不是黑色的而是黑暗的

黑暗不是黑暗的　是黑色　黑色也不是黑色

乌鸦没有这个颜色　他错得多么离谱

黑色里没有WUYA　他渴望着在那些死去的

乌鸦上再创造一只乌鸦　肥胖的　健康的

色情的　满载着光明　这只是一只鸟

不是传说中的乌鸦

桥下

在火车上最喜欢的是

桥墩下面的那块草地

痛苦丛生的旅途

刚刚瞥到就不见了

101大桥下有块草地

卡桑德拉大桥下有草地

普者黑大桥下有块草地

布鲁克林大桥下有块草地

金沙江大桥下有块草地

跳跃着的落日下有一块金色的草地

哦　"桥下"　——多少诗章

必有干树枝　嫩草和枯草

必有桉树或别的树

必有虫子和小石头

必有小溪流和施工留下的废墟

必有纸屑或者碎玻璃

必有阴影　微不足道

列车永远不会停在这种地方

那些好玩的人哪里去了

那些好玩的人都到哪里去了　那些志于道
据于德　依于仁　游于艺的人　那些在厨房里
玩牌的人　（塞尚画过的）　那些在小楼上
吹笛子的人　在下面的花架旁打架　滚作
一团的人　那些酗酒之后　倒在柏树下的人
那些在自家门口踢毽子的人　朝着江南
撒尿的人　那些唱滇剧的人　那些崇拜
李白和苏轼的人　那些用毛笔填词的人
那个在梨木墩子上将猪头肉切成白银的人

那些爱吃茴香豆的孔乙己　那些微笑着的
盲人　用一根竹竿彼此照顾着走过落叶
那些骑自行车的人　那些蹲在门口的人
那些鞋匠　木匠　铁匠　补锅匠　弹棉花
的人　那些舅舅　外婆　姨妈　叔叔　那些
长得像李逵的家伙　像木头和石头的家伙
像乌鸦和麻雀的家伙　那些口齿不清　讲不来
普通话的异乡人　那些白云　那些落日　那些
水井　那些害羞的人　低语的人　傻笑的人
那些哑巴　瘸子　那个望着月亮的人　那个脸上
有麻子的人　那个结巴　那些牙齿生锈的人
那些晾被单的人　那些在七月的下午挑着
花生和板栗满街窜的人　那些8点钟上班的人
那个贫穷而深邃的女友　总是藏着谜样的微笑
和乳房　那个暮晚　蝙蝠飞过故乡　我们
朝滇池里扔着石头　唉　你还好吗？　都不见了
有人说　这就是时代　这就是日异月新　死亡
就是埋葬　游戏停止　在那个遥远的黑夜　大地上
没有灯　人们在黑夜里倒头睡去　他们憨厚地
信任着黎明　他们等着梅花和喜鹊

听画肉者弗朗西斯·培根论画

要为一件灰色的衣物选择
颜料　还有比灰尘更好的东西吗？
住在伦敦的矮个子屠夫　向他们解释说
只是弯腰在画室地板上伸出食指
钩起一块破布　"在满是灰尘的颜料中
浸了浸"　就涂在了画布上　美术学院的脸顿时
苍白　用的是荷尔拜因牌水粉　他们很肯定
"只是要承认自己那些寄寓在头脑中的

承认自身本来的样子　只处理上心的
记挂的主题"　"装饰多么可怕啊!"
下巴光洁的教室　乌鸦的羽毛在为黑暗
磨着一把把亮铮铮的剃刀　教皇英诺森
十世打呵欠怎么画　老师是不教的
从未在一所艺术学校中学过　脚旁
堆满书籍文件啤酒台灯镜子　备好了
咖啡鹅肝酱和猪下水　这样的材料
多的是　最喜欢埃及和意大利
敏感的阳器此刻正裸泳于悲伤的屠宰场
失去标签的肉酱乘机拔腿走掉
逃出了抽象的超市　一只鹿
回到了它的马　一块肉加入另一块肉
男人生出了女人　坦克里的铁花瓶里
绽开着金雀花　同性恋者的烙铁冒着烟
扭打在沙滩骨骼腋窝星星橡树眼仁
胸毛乳房体液脂肪海水……的大卧室之间
即便人们说那儿就像百老汇　食肉者
弗朗西斯·培根　穿着神的睡衣
去洗手间待了一会儿　回来继续画
抠去手指上的白颜料　现在他要把那块
激动不安的烤肉　固定在一种浅灰色里

（选自《百花洲》2022年第1期）

于坚:从风格到精神肖像

霍俊明

由于坚2022年发表的诗歌《强巴舅舅的肖像》以及其他近作,我想到的是于坚从20世纪80年代以来所累积起来的写作风格与精神肖像。

1

"精神肖像"实则回到了传记学、精神分析以及写作者的精神世界和日常生活的复杂关系。在博尔赫斯这里,"日常的我"与"写作的我"之间存在着匪夷所思的疑问,"我搞不清楚我们两人之中是谁写下了这篇文章。"海德格尔在大学里一直被认为是修理水暖的工人,因为他常年穿着破旧的工作制服,这看起来和一个哲学家靠不上任何关系。

1988年,于坚结婚。按照于坚的说法,他过上了一种类似于奥波洛莫夫式的生活。奥波洛莫夫这一人物出自冈察洛夫的长篇小说《奥波洛莫夫》,是文学史上典型的"多余人"形象。写作带给诗人某种自我安慰以及社会荣耀的同时也带来了世俗中的失败和虚妄,且这种失败感和虚妄并不是一朝一夕能够改变的。甚至多年之后,于坚仍写出了对诗人身份充满无比焦虑的诗《他是诗人》(初稿完成于2007年,改定于2010年)。就如一群人围坐在热汤滚沸的餐桌旁,当人们大汗淋漓、食欲大增的时候,突然一个人指着另一个人对大家说:"呵!这是个诗人。"诗人成了世俗眼中的病人、怪人和失常的人——具有精神疾病并且日常生活中行为举止怪异无常的群体,这并未因着诗歌的发展而弱化和消解。这就是"疯癫"与"文明"肉搏的过程,而前者必然是失败者、被惩罚者和被规训者。似乎,诗人只有借助"疯癫"的理性才能获得自我认同,而道成肉身谈何容易——像是更为虚妄的天方夜谭和"痴人说梦"。而"疯癫"作为精神症候在诗歌写作中的出现,正对应了生存方式和写作方式的龃龉,"疯癫主题取代死亡主题并不标志着一种断裂,而是标志着忧虑的内在转向。受到质疑的依然是生存的虚无,但是这种虚无不再被认为是一种外在的终点,即威胁和结局。它是从内心体验到的持续不变的永恒的生存方式。"(福柯《疯癫与文明》)

每个诗人和写作者都会在文字累积中逐渐形成"精神肖像",甚至有时候这一过程不乏戏剧性。当然也有诸多的悲剧性,尤其是那些自杀的以及非正常死亡的诗人。在此,举一个汉学家眼中的于坚形象:"我妻子老往中国跑。她特别喜欢上海。这不是,借口世博会,一溜烟签证办了,到黄浦江边溜达去了,比手画脚地和人交谈去了。我可不大放心。起先,碰到她出门旅行,我总是郑重其事地在她的行李里放上我的一本书,好陪伴她消磨孤独的时光。但我的书她全看完了,我又不甘心她太自由逍遥,应该在她的箱子里塞满合适的书。这些书的作者要选择她肯定不会读了就爱上的,比如死去的,古代的,罗里吧嗦不知所云的。绝对不能放于坚的书。我刚发现了这位中国诗人,他还活着,1954年生的,第三代诗人大师中的一位,已经被翻译为德文、英文。"(〔法国〕克里斯朵夫·多奈《伊甸园或头等舱旅游》)。由此,我想到当年苏珊·桑塔格描述的本雅明在不同时期的肖像。这揭示出一个人不断加深的忧郁,那也是对精神生活一直捍卫的结果:"在他的大多数肖像照中,他的头都低着,目光俯视,右手托腮。我知道的最早一张摄于1927年——他当时三十五岁,深色卷发盖在高高的额头上,下唇丰满,上面蓄着小胡子:他显得年轻,差不多可以说是英俊了。他因为低着头,穿着夹克的肩膀仿佛从他耳朵后面耸起;他的大拇指靠着下颌;

其他手指挡住下巴，弯曲的食指和中指之间夹着香烟；透过眼镜向下看的眼神——一个近视者温柔的、白日梦般的那种凝视——似乎瞟向了照片的左下角。在他20世纪30年代末的一张照片中，卷发几乎还没有从前额向后脱落，但是，青春或英俊已无处可寻；他的脸变宽了，上身似乎不只是长，而且壮实、魁梧。小胡子更浓密，胖手握成拳头、大拇指塞在里面，手捂住了嘴巴。神情迷离，若有所思；他可能在思考，或者在聆听。"（《在土星的标志下》）就作家而言，身份和角色感是不可能不存在的，甚至因为种种原因还会自觉或被动地强化这种身份和形象。正如苏珊·桑塔格所说或"作者"的面具已经揭下，做一个作家就是要担当起一种角色，不管是否尊崇习俗，他都不可逃避地要对一种特定的社会秩序负责。

《草堂》诗刊2017年第7期的"封面诗人"是于坚。刊发的仍然是于坚标志性的头部特写的黑白照片。

> 于坚，生于云南昆明，祖籍四川资阳南津驿。二十岁开始写作，持续近四十年。1986年与同仁共同创办民间文学刊物《他们》。著有诗集、文集四十余种，摄影集一种，纪录片四部。曾获台湾《联合报》第14届新诗奖、台湾《创世纪》（诗杂志）四十年诗歌奖、鲁迅文学奖、第15届华语文学传媒大奖年度杰出作家奖；德语版诗选集《零档案》获德国亚非拉文学作品推广协会主办的"感受世界"亚非拉优秀文学作品评选第一名；摄影作品获美国《国家地理》杂志全球摄影大赛华夏典藏金框奖；纪录片《碧色车站》入围阿姆斯特丹国际纪录片银狼奖单元（2004）；英语版诗集《便条集》入围美国BTBA最佳图书翻译奖（2011），入围美国北卡罗纳州文学奖（2012）；法语版长诗《小镇》入围2016年法国"发现者"诗歌奖。

值得提醒的是，这份简历有不确切之处，比如《他们》的创刊时间是1985年3月（"他们"文学社的创立时间，韩东标注为1984年冬天）。但可以确定，这是于坚最崭新的一份"作者简介"。而如果用诗进一步归结为一个诗人形象的话，于坚的个性就更突出了："在现实中永远／扮演自己的小号 有点儿鹤立鸡群 有点儿不识时务 有点儿／不务正业 有点儿不可

靠 有点儿自以为是 有点儿自高自大/有点儿自作主张 有点儿不卑不亢 有点儿自得其乐 有点儿/原始 有点儿消极有点儿反动 有点儿言过其实"（于坚《他是诗人》）。

2

具体到于坚的精神肖像，我们会看到这样一番形象：工人（铆工、电焊工、搬运工、农场工人）、宣传干事、足球迷（1978年工厂工会的电视机让于坚第一次知道了什么是足球）、诗人（按照于坚自己的说法，他是个感伤的诗人、故乡诗人、倒退着的诗人）、小说家（于坚写有短篇小说《赤裸着晚餐》）、大学教师、散文家、摄影师、纪录片导演（比如《来自1910年的列车》《碧色车站》《慢》《故乡》）、非专业的或半专业的话剧演员。于坚曾于1994年11月在北京安定门内的后圆恩寺胡同的北京少儿剧团排练牟森的实验话剧《与艾滋有关》，并最终在1994年11月29日晚上7点与演员金星同台演出。此前，于坚和牟森已经在1993年合作了《彼岸》。于坚还参与了《关于一个夜晚的谈话》在巴黎的演出以及《〇档案》在比利时的演出。

于坚喜欢咖啡，是名副其实的音乐发烧友，尤其喜欢蓝调。于坚之所以喜欢蓝调是因为他看中其即兴的特征，他中后期的很多诗作都具有这种内在的即兴性和生成性的语感、节奏。为此，于坚还写过一首诗《四月的布鲁斯》。音乐是他日常生活的一个重要部分："我年轻时从文学的角度崇拜过贝多芬。我通过约翰·克利斯朵夫认识了他。但我只是在后来——1975年，在一个阴暗的小阁楼上听到了他的音乐。我永远难忘的一日，我的第一次音乐生活，在黄昏穿过响彻高音喇叭的城市，怀着堕落犯罪的心情，当时，所有西方音乐都是被禁止的。关着窗帘，漆黑的小屋内，有裂缝的黑色唱片，音质低劣的留声机，几个热血青年。我其实根本没有听见，我处于与时代对抗的紧张和亢奋中，我们随时可能被邻居告发。"

于坚爱好书法，是近乎职业的旅行家和行吟者（于坚说自己可能是中国走得最多的诗人）、生态学者、"说汉语的普鲁斯特"。正如本雅明评价的普鲁斯特：他展现了失而复得的时间并且在怀旧和现代性的乡愁中像一条语言的尼罗河，"泛滥着，灌溉着真理的国土"。

而无论是评论还是传记，如何能够尽可能真实地呈现一个作家的面目都成为不容回避的责任。正如《大西洋月刊》评价《奥威尔：冷峻的良心》这本传记所指出的那样，杰弗里·迈耶斯为奥威尔勾画出了一幅令人钦仰的肖像，但是他"并没有隐去这位作家的那些并非圣徒的特质"。也正如传记作者杰弗里·迈耶斯自己所说，"本书中呈现的奥威尔形象上不及那个传奇形象高大。他品质高尚，但也有暴力倾向，会做出残忍之事，他被内疚感所折磨，自我惩罚到甘于受虐的程度，有时有自毁倾向。"

在诗人的知识分子责任感越来越淡化的今天，如何能够承担起"一代人的冷峻良心"？

但是，真实、客观的面目呈现是可能的吗？同一个罗伯特·弗罗斯特在不同的人那里的印象却不同甚至迥异，无论是在文学的认知还是性格和日常生活形象的理解上。比如奥克塔维奥·帕斯印象里的弗罗斯特就与米沃什不同："我们慢吞吞地喝着啤酒。我一边喝一边望着他。他穿着白衬衫，领口敞开——还有什么能比一件干净的白衬衫更干净？——他有一双蓝色的眼睛，真诚而带有嘲讽的神情，他有一颗哲学家的头颅，而他的双手像是农民的。他属于那一类智者，他们更愿从自己隐居的地方观察这个世界。然而从外表看，他没有什么苦行僧的味道，而是一种男子汉的朴素。他就在那里，在自己的茅舍中，远离尘世，不是为了摒弃这个世界，为了更好地观察世界。他不是个隐士，他那小山岗也并不是沙漠中的一块岩石。他吃的面包也不是由三只乌鸦给他叼来的，而是从乡村商店里买来的。"（《拜访一位诗人》）在我的文学交往中，那些朋友或偶然遇到的人们对于坚的为人、性格以及文学作品的理解差异就很大，甚至完全不同。

一个诗人的形象是需要一个认识过程而逐渐累积的，尤其是那些对诗人形象怀有"偏见"的人们来说，"前不久，云南省开第五届作家代表大会，有机会与这位'五短三粗，剃小平头，其貌不扬'和'从外表、行为到智慧都天然与传统对着干的人物'面晤、交谈，他送了我一本随笔集《棕皮手记》，这《手记》写得很有意思，也颇具识见，看着，看着，我从《手记》中读到一个我所不熟悉但却能完全理解的于坚。"（金丹元《从〈手记〉中走来的于坚》）

而从阅读者和批评者的角度，当然包括所谓的"误读"，于坚的文学形象以及他所遭遇的写作语境、文化生态、阅读效果史都显得十分复杂并充满龃龉。这无形中引发了一些争议。"一方面，作为坚持民间立场与纯正写作阵营中最具影响力的代表人物，不断在官方（如《人民文学》等）和海外（如《联合报》等）获奖，大获彰扬；一方面，在备受阅读层面（包括诗界以外的阅读层面）的好评和赞誉的同时，却又总是为诗歌批评界（尤其是学院批评）一再冷落或叫作疏淡，以至又屡屡让海外的现代汉诗诗学界独享其成。"（沈奇《飞行的高度》）

3

当然，于坚是不乏大量的粉丝和崇拜者、拥趸的，包括后来一些在诗坛声名赫赫的人物在内——尽管后来有的与于坚分道扬镳，越走越远："十二年前（上一个龙年），于坚是我的诗歌师傅。我因读他的《作品第39号》而正式开始了自己的写作，我在心里拜他为师""关于那次在我家见面，我的前同窗现老婆说：'你终于和你当年崇拜的人坐在一起了。'我知道我老婆套用的是陈升的一句话，是陈升的《新乐园》中与罗大佑们共同出场时说的。"（伊沙《于坚：喧嚣内外》）

在汉语诗学的谱系和链条上，于坚被认为已经开创了一个传统（有人则在2008年11月21日的《今天论坛》上发文将于坚和四度获得普利策奖的美国大诗人罗伯特·弗罗斯特并列研究）——"青春天才的浪漫主义过去了，不再是我们所需；当我们重新面临贫困时，我们需要一个老而弥坚的创造者形象，而老于，从哪个角度看他都呈现了一个大师的侧影。他将为我们开创一个传统，一个正统汉语新诗的传统。我们需要这样的大师：他必须以新诗的精神和形式，接续上那个传统。"（朵渔《他将开创一个传统》）

更有人指认于坚的一首诗可以抵得上一百篇论文（汪永生）。

德国汉学家马克·赫尔曼则这样评价于坚，"尽管于坚因为这种不妥协在他的早期只能通过民间的油印刊物发表文章，但自从（20世纪）90年代中期他同样也得到了官方的承认，获得了一些奖项，如2002年获得中国华语传媒最佳诗人奖，并且2000年在官方的人民文学出版社出版诗集《于坚的诗》""同样在西方世界，于坚也得到了相应的承认，有汉学家研究和翻译他的作品，也有相当大数目的诗歌节和讲座邀请他。在荷兰、法国和英语国家等对他广泛关注之后,只有德国对他还是缺席的,无论是对他文学性的研究还是作品的翻译"(《深深地沉入他的时代的黑夜之中——于坚德语诗集〈〇档案〉译者后记》)。荷兰汉学家柯雷则下过这样的定论:"进入90年代之后,西川成为中国国内最重要的两个诗人之一,另一个是于坚""与于坚作品显赫的发表/出版史相比,他的诗歌的接受史也毫不逊色。有众多评论者对其作品无所不谈,褒贬不一。他的诗学观念引发的争论不止一次"。甚至在柯雷看来,于坚以及西川作为先锋诗人和非主流诗坛的代表正在以影响力改变着主流诗坛:"于坚身为云南文学艺术界联合会主办的杂志《云南文艺评论》的编辑,与其作为非主流诗人的身份并行不悖。西川执教于北京的中央美术学院,2002年,他获得了具有明显官方色彩、四年一度的鲁迅文学奖,是当时的五名获奖诗人之一;于坚则是2007年度鲁迅文学奖的获奖者之一。虽然主流的美学标准仍然反映着意识形态极强的文学观念,但是,这两位诗人在职业上的体制内身份,应该并不影响读者对他们的人品的评价。相反,于坚和西川的文学创作可能会让人产生一个疑问,就是,这是否证明非主流诗坛正在改变主流诗坛呢?"(《精神与金钱时代的中国诗歌》)

美国垮掉一代的女诗人安妮·沃尔德曼认为,于坚的诗歌世界(主要是《便条集》)已经证明他是中国当代杰出的诗人,"于坚因悲悯的胸襟、优雅的气质和把事物搞透的能力而拥有一种富有亲和力、敢于裸露的吸引力"(《继续鼓掌吧,我爱于坚和他的作品》)。

由此,我们已然看到了一个非常复杂的于坚肖像。

声 明

本套"2022·北岳·中国文学主题年选"收录了本年度众多优秀文学作品。在编选过程中,我们及各选本主编已尽力与大多数作者取得了联系,但仍有个别作者因故未能取得联系。见此声明,烦请来电,以便奉送样书。

联系人:高海霞

电　话:0351—5628691